v h m

o nosso reino
valter
hugo
mãe

BIBLIOTECA AZUL

Copyright © 2015, Valter Hugo Mãe e Porto Editora
Copyright © 2019, by Editora Globo S.A.

Todos os direitos reservados. Nenhuma parte desta edição pode ser utilizada ou reproduzida – em qualquer meio ou forma, seja mecânico ou eletrônico, fotocópia, gravação etc. – nem apropriada ou estocada em sistema de banco de dados, sem a expressa autorização da editora.

Por decisão do autor, esta edição mantém a grafia do texto original e não segue o Acordo Ortográfico de Língua Portuguesa (Decreto Legislativo nº 54, de 1995). Este livro não pode ser vendido em Portugal.

EDITORES RESPONSÁVEIS Erika Nogueira Vieira e Lucas de Sena Lima
EDITORA ASSISTENTE Luisa Tieppo
ASSISTENTE EDITORIAL Lara Berruezo
PREPARAÇÃO Jane Pessoa
REVISÃO Thiago Lins
PROJETO GRÁFICO E CAPA Bloco Gráfico
ILUSTRAÇÕES Eduardo Berliner

CIP-BRASIL. CATALOGAÇÃO NA PUBLICAÇÃO
SINDICATO NACIONAL DOS EDITORES DE LIVROS, RJ

M16n
Mãe, Valter Hugo, 1971 -
O nosso reino / Valter Hugo Mãe; ilustração Eduardo Berliner
2ª ed.
Prefácio: Maria Angélica Melendi
São Paulo: Biblioteca Azul, 2018
184 p.: il.; 23 cm

ISBN 9788525066893
1. Romance português I. Berliner, Eduardo. II. Título.
18-52573   CDD: P869.3
CDU: 82-31(469)

Meri Gleice Rodrigues de Souza - Bibliotecária CRB 7 / 6439
17/09/2018   19/09/2018

1ª edição, 2012 [Editora 34]
2ª edição, Editora Globo, 2019 – 1ª reimpressão, 2019

Direitos exclusivos de edição em língua portuguesa, para o Brasil, adquiridos por
Editora Globo S.A.
Rua Marquês de Pombal, 25
Rio de Janeiro - RJ – 20230-240
www.globolivros.com.br

prefácio

No ano do Senhor de 1974, numa aldeia de pescadores, ao norte de Portugal, moram o homem mais triste do mundo e o menino mais puro. Não há cravos vermelhos nessa aldeia, não há bailes nas ruas, nem se ouvem canções. Nunca. Nem sequer nesse dia de abril, quando a professora Blandina, com os olhos brilhantes, explica às crianças que os senhores que dirigiam o país foram mandados embora.

Um deus severo vigia essa aldeia habitada por meninos que querem ser santos, estranhos homens ausentes e mulheres de costas curvadas pelo peso da vida. Nessa aldeia sem nome, o menino Benjamim lembra, num presente interminável, a ruína da sua casa, arrasada sob o peso das chuvas e das lamas, das culpas e das ganâncias.

Não basta o Cristo, nove vezes crucificado nas nove imagens que habitavam a casa – dois na sala, três no corredor, um na entrada, um no quarto do menino, outro no quarto do avô e mais um no escritório – para fazer dela um pouso de salvação nem um espaço sagrado. A roda de Cristos, que a criança montara, a modo de conjuro, nada conjurou e está destruída e soterrada junto com os ossos dos avós na terra revolta e molhada, nos escombros do que foi um lar.

Testemunha ardente de uma terra sem redenção, Benjamim, o filho mais velho, é quem resta para contar a história do nosso reino. O miúdo evoca um mundo rural impregnado de um catolicismo cruel e devastador, onde ainda vicejam crenças pagãs, por onde os endríagos deambulam e o homem mais triste do mundo voa sobre o casario nas noites de inverno.

O amor fraternal de Benjamim pelo amigo Manuel, aspirante a anjo como ele, e pelos irmãos pequenos, sozinhos e tão abandonados como ele, o desvela em cuidados e urgências. Sua profunda candura, sua pura devoção o leva a pensar mais neles que em si, a querer aprender a curar os corpos dos outros e salvar as almas dos outros.

As colônias africanas, afastadas do olhar divino, entrelaçam as histórias tristes de dona Darcy que fugiu do Moçambique natal, por causa de um feitiço rogado por uma senhora branca com as fabulosas e dolentes lembranças de Carlos, retornado da guerra de Angola, que ainda está a descrever a África como uma terra luxuriosa e selvagem onde os leões nasciam das árvores e as crianças eram plantadas no chão e deixadas a crescer, belas e vulneráveis, na intempérie. E é Carlos, desvirginado, louco da guerra, que vem enturvar com suas palavras sórdidas e obscuras a luminosa inocência do menino.

As palavras, em murmúrios, percorrem as ruas, atravessam as casas e vagueiam no cemitério; as palavras inquietam os mortos embaixo da terra e os vivos, acima. Tia Cândida, dona Tina, dona Hortênsia, dona Darcy, a mãe atingidas por palavras como pedras, e Manuel e também Benjamim.

Porque parece não haver imagens nessa aldeia, a não ser as dos cristos soturnos que acompanham os vivos até depois de mortos e as fotografias que Carlos traz da guerra: imagens divertidas de soldados a fazer galhofa. Imagens mentirosas. O menino desconfia delas: acaso a guerra é divertida? acaso é divertida a morte?

    O monumento de palavras erguido por um menino de oito anos anuncia que os nomes não ditos apodrecem na boca que cala e que os sons e as imagens fundem-se num tempo contínuo que chamamos memória do passado e não é mais que o eterno presente ao que estamos condenados. A vida presente, o tempo presente construído por milhões de partículas de nossos passados em nossos reinos, todas orbitando ao mesmo tempo e no instante único. Benjamim confia a Manuel (e a nós) sua descoberta: a morte é só a junção das memórias acomodadas numa caixa que se fecha.

Maria Angélica Melendi
Belo Horizonte, outono de 2019

*Tu és o herdeiro. Filhos são herdeiros,
pois que os pais morrem.
Filhos estão e florescem.
Tu és o herdeiro.*

Rainer Maria Rilke, *O livro de horas*

ao mário azevedo

um

era o homem mais triste do mundo, como numa lenda, diziam dele as pessoas da terra, impressionadas com a sua expressão e com o modo como partia as pedras na cabeça ou abria bichos com os dentes tão caninos de fome.

era o homem mais triste do mundo, diziam, incapaz de fazer mal a alguém, apenas metendo dó, com olhos de precipício como se vazios para onde as pessoas e as coisas caíam em desamparo. mas era impossível não os fitarmos, fascinados por eles como ficávamos, e era com eles que iluminava o caminho à noite, garantiam alguns, quando se embrenhava pelo mato em direcção à sua terrível toca secreta ou o que pudesse haver para lá do emaranhado desconhecido de onde vinha e para onde se escondia. era com os olhos, como lanternas, que competia com os bichos da noite, perplexos com tal ser. sabia-se que ficava horas a fio, noites de vigília, sentado em velhos troncos ou rochas altas, a percutir o silêncio, como um emissor de silêncio, e só aqueles olhos se viam na escuridão, um farol para espíritos, quem o saberia, como se alguma coisa, ou alguém, fosse chamado por eles. eles ali, repetidamente em redor, a apelar.

era um homem todo diferente. quantas vezes se contava de como saltava pelas árvores. quem não jurara tê-lo visto no tempo da caça a apreciar empoleirado nas copas, e como se faria viajar agilmente pelos ramos, muitas vezes intrometido a afugentar os animais. um homem irrepetível e nada semelhante com algo de que se soubesse, coisa da terra, ar ou água, tudo se alheava de lhe corresponder. e eu juro que o vi voar por sobre o casario numa noite de inverno. não saíamos para nada, havia medo por toda a vila, o mar subira até à marginal e estavam automóveis revoltos nos sargaços e sabe-se lá quantos homens teriam naufragado à entrada das docas. a minha mãe chorava no interior dos quartos, a guardar os meus irmãos em cobertores como se estivesse frio, e o uivo dos cães do avô, recolhidos na cozinha, entoava pelos corredores a parecer vozes dessa gente aflita. as portas fechavam-se para que se detivessem, mas os animais sabiam, pensava eu, e por isso traziam o aviso. ele passou muito lento por sobre nós, ouvíamo-lo pairar, as vestes fustigadas pelas chuvas e um lamento gutural a sair-lhe da boca, estava como enrolado de ventos em tarefas cansativas. a minha mãe jurou que não o viu, mas eu sabia que era só para que não tivéssemos medo quando ele viesse por nós.

    eu descobri muito cedo, o homem mais triste do mundo recolhia os mortos, juntava-os um a um nos braços, e dava-lhes terra e silêncio para comerem, até que parecessem a terra e o silêncio e os pudéssemos voltar a ter entre nós, como os que ficavam segurando e rodeando as flores do jardim só capazes de sussurrar na aragem mais leve. mortos de terra entre nós, para entre nós preservarem uma ligação com as nossas almas, eram como um perfume débil percebido apenas pelas gentes mais sensíveis.

    naquele dia os pescadores não deram à costa. eram muitos e o homem mais triste do mundo não teria tempo para que julgássemos sepultá-los numa salvação qualquer. quase sugeri que nos perdêssemos arvoredo dentro, em busca desse lugar onde estariam postos. escapuli longo tempo a ver as entradas dos caminhos principais, sabia que todos se frustravam em algumas centenas de metros, nenhum seguia para onde eu pudesse ir sem me perder. quase o quis, mas o pedido de minha mãe era ensurdecedor, nunca sigas além da estrada da vila, onde começam as árvores é o fim do mundo, não há nada para se ver. eu punha a mão no peito e desacelerava o coração rezando, que deus tivesse piedade, os anjos e os santos nos acolhessem no feitiço da vida e nos dessem a salvação.

o homem mais triste do mundo vivia no fim do mundo e para lá levava os mortos. a minha mãe dizia que eu haveria de viver até aos cem anos, conheceria mil homens e mil mulheres, e seria um anjo no céu e nunca uma carcaça velha no inferno. mas, visto da janela do meu quarto, o céu era sempre aquele pedaço de temporal onde ele voara, e abertas as portadas, mesmo por detrás dos vidros, soprava no vento o seu lamento daquele dia. era um som activado pelo lugar, tão forte se deixara na sua memória.

aos domingos, quando descíamos para a missa e o caminho até ao centro da vila se enchia de vizinhos, parecíamos todos felizes. parávamos para comprar bolos na mercearia, podíamos ver os amigos da escola vestidos a rigor, como nós, e havia sempre um a parecer ridículo, embelezado com toques quase florais das mães tão zelosas. víamos e ouvíamos muito, atendendo à eucaristia em silêncio temendo os olhos de deus. aos domingos, através das pequenas dádivas, subíamos ao senhor para nos purificarmos e esperançar de vida. e ele estava ali, sentava-se no muro do cemitério e observava as pessoas a entrar. ficava silencioso, parecendo esperar por que saíssemos no fim, quando vínhamos crentes de que deus nos deixaria chegar até à noite de mais um dia. só eu o via como um predador, conferindo as almas de cada um, para lhes saber da vida, assegurando-se do seu trabalho, como se as inspeccionasse para saber quem seria recolhido a seguir.

claro que temi sempre que viesse por mim. por isso media os meus actos, temia a deus, qualquer erro poderia abrir-me as portas do inferno, que a minha convicção era a de que ficar vivo muito tempo significava merecer, longe de saber que as crianças eram anjos e pertenciam ao paraíso por direito. eu estava como uma seta apontada ao inferno, eram os medos, todos os dias, a cada noite, um medo subtil de alguém que viesse e soltasse enfim a corda do arco onde me apoiava. no meu silêncio escondia qualquer indício do que pudesse recear. a minha mãe abraçava-me longamente, como a sufocar dentro dela a visão que tivéramos ou algum segredo que me contivesse, e era a sua boca fechada que permitia a entrada dos espíritos na minha cabeça, permitia que o homem mais triste do mundo fosse quem recolhia os mortos. e eu continuava naquela corda como um funâmbulo, com a sensação de que a cada passo haveria de tombar à boca do inferno.

o manuel, o meu amigo da mercearia, dizia que se o homem mais triste do mundo nos tocasse enfiávamos-lhe um pau no cu. eu estremeci da primeira vez que mo disse, porque o faríamos, se só mete dó, não prejudica ninguém. ou estaria eu certo, viria vigiar-nos como procurando alimento. e que poderia eu perguntar. víamo-lo de longe, acho que cada vez de mais longe, a passar pesaroso e escuro, e eu a medo a acender-lhe no cu uma luz, como uma marca, um lugar vulnerável, nojento, por onde o poderíamos vencer. sabes, imaginava o manuel, deve comer as pessoas e na sua barriga transformá-las em bichos ferozes que lhe saem pelo cu à noite. se se fechasse morreria entalado com o seu próprio banquete. e eram bichos terríveis, a sair dali cheios de pernas e vermelhos em fogos e labaredas infinitas, deixando-se a percorrer os caminhos fazendo proliferar a caça. meu deus, imaginas o que seja isso que fará à noite, lá escondido nos seus cantos, pernas abertas a produzir o seu exército. que coisas dizes, manuel, mais me deixas assustado.

foi nessa altura que os meus avós trouxeram lá para casa um empregado novo. tinha um jeito torto de responder, diziam-lhe que a má educação haveria de o pôr no inferno. via-o morbidamente, passava por todos os lados da casa, a biscatear dia inteiro as coisas do avô. eram os pregos, o automóvel, a apanha da uva, o telhado, a graxa nas botas, o jornal às oito da manhã, e sempre o resmungo garantido, como um serviço mal prestado por dentro, algo a que se junta um veneno ou um mau-olhado. ficávamos a comentar. lembro-me de perguntar, o meu pai entendia que as pessoas tristes durante muito tempo ficavam de mal com a vida, e podiam nunca se curar, dizia-mo com uma gravidade assinalável, eu acabava sempre por ter pesadelos profundamente impressionado, como a descobrir nas expiações da minha consciência motivos para ser feliz e me salvar ao estragamento da vida. achava-o ainda muito novo, o senhor luís, estava entre o meu pai e o meu avô, os cabelos não eram brancos e andava muito rápido quando queria, o que o fazia usualmente suar. era uma mancha nas costas que lhe enegrecia a camisa e se perdia para dentro das calças, onde lhe imaginava o buraco do cu molhado como uma lanterna capaz de funcionar debaixo de água. era o pior, assustava-me. já sabia que teria nascido do banquete do homem mais triste do mundo, que haveria de ter surgido numa noite a partir daquele cu para se tornar um seu servo. o manuel quis matá-lo, uma vez, quando se assustou a sério, como eu a cada momento, e jurou que vira um fantasma. chegámos a correr para a cozinha a buscar a faca maior de todas, haveríamos de o apunhalar pelas costas para que não tivesse possibilidade de fuga, e quando o matássemos esvanecer-se-ia em fumo e subiria para o lugar das almas proscritas. sabes, há-de ser um lugar com paredes de chumbo, todo a arder no interior e sem janelas, sem portas, só uma combustão contínua como suplício inimaginável. como uma caixa. ou então desceria para o centro da terra onde a lava de todos os vulcões se contém, eu julgava que se continha à espera de saber se no fim vence o bem ou o mal. ou o homem mais triste do mundo viria à nossa porta reclamar o corpo.

 estancámos os dois no meio do chão, que o homem mais triste do mundo se viesse poderia querer explicações. se mandava na morte ou se sabia dela melhor do que nós, como poderíamos ultrapassá-lo e fazer o seu trabalho. o manuel achava que deveríamos rezar então, para que deus o matasse segundo o nosso pedido. que o afastasse, se maligno era, que morresse. e por deus nos ajoelhámos ao pé do meu cristo e sossegámos. por dentro, inconfessavelmente, eu disse um palavrão, mata aquele filho da mãe, meu deus. e depois arrependi-me e não consegui rezar nem pedir mais nada. todo por dentro era um animal em pânico. incapaz de pedir socorro ao manuel, que parecia tão competente na reza que propôs. estivemos assim um bom tempo. comigo supostamente a tratar da salvação do mundo, mas apenas agoniando pela ideia terrível de estar em pecado, praguejando e perdendo para sempre a ingenuidade bonita de ser apenas uma criança.

a minha avó rezava ao seu cristo que me tirasse as minhocas da cabeça. não sabia que haveria eu de ter, mas via-me nos olhos a timidez e alguma incompletude, avisava a minha mãe, o miúdo é meio sério, há que ver o que tem, parece preocupado, pode ser um ar que lhe entrou. e ensaiava um gesto de bênção com a mão, a partir da sua quietude na cama, como se apontasse um objecto a que quisesse chegar mas que, resignadamente, soubesse já não poder alcançar. eu baixava os olhos num sorriso simples, a minha mãe abraçava-me e convencia--se de que eu seria perfeitamente normal. é um menino inteligente, sabe mais do que os outros, por isso se porta tão bem. o que eu imaginava tornava-se mais perigoso ainda, porque me diziam que sabia coisas, e que coisas seriam confundia-as eu. zanzava pelo universo da casa à cata das evidências. a tomar conta, a medrar, numa vigilância muito ineficaz mas constante. eu só não encarava o medonho cristo da avó, porque pensava que ele, sim, seria capaz de entrar como um ar, pior do que os fantasmas insatisfeitos que habitavam na vila, a pedirem ajuda aos mais vulneráveis.

do monstro que passara a habitar a casa deixava-me eu ao largo, sem nunca lhe atrasar o passo. nunca lhe toquei, nunca estive realmente perto. eu tinha loucuras repentinas, como escapar por baixo das camas quando ele parecia encurralar-me em algum quarto, como eu a beijar a avó e ele a chegar com um medicamento para deixar na mesa-de-cabeceira. no entanto, de início, fazia parte da minha cobardia convencê-lo da minha boa--fé e merecer o seu aval, como uma autorização de sobrevivência, tentava encará-lo ao longe. nesse tempo era meu instinto iludir os inimigos, vulnerabilizá-los pela simpatia e conquistá-los, não para os abater, a minha fraqueza era avassaladora, mas para deixar de os temer, para os angariar. no entanto, ele foi sempre implacável, o olhar violento numa fúria latente, constante. eu acreditava que um dia um vulcão jorraria daqueles olhos, uma lava incandescente vinda do buraco daquele cu como merda maligna do inferno.

    foi num domingo de páscoa, veio lá a casa o compasso, o padre filipe entrou no quarto da avó e deu-lhe a beijar a imagem. a minha tia cândida disse que tinha conseguido que a missa ali viesse, só faltava o fantástico senhor hegarty a cantar para que ficasse completa. a minha tia suspendia-se de respirar, faltava-lhe a presença do cantor. faltava mesmo. comentava com uns e com outros que o senhor hegarty era preciso como as coisas de comer ou de beber. a sala estava repleta de vinhos de casa e doces que a minha mãe e a minha tia prepararam desde muito cedo. os homens comeram e beberam longamente. eu vi-os muito vermelhos entre as cadeiras onde preferiram não se sentar. e o monstro a cirandar, como a contá-los, um a um, meticulosamente. parecia um comprador ou alguém que tivesse perdido uma ovelha.

    eu não largava o meu pai, e não tirava os olhos do estranho empregado. não dizia nada, circulava insistentemente, até cruzar o olhar comigo e parar. escapuli-me pelo corredor fora, apavorado como se o trouxesse comigo, e entrei quarto dentro descuidado atropelando o padre, cabeceando o pé da cruz e tombando pesado no chão. enquanto tudo se fez num clarão de dor, a gritaria aumentara sem sentido, estava bem, estava bem, mas na casa, no exacto segundo em que caí, alguém chamou a morte, alguém morreria. grito fechado em casa, como diria a minha avó mais tarde, a morte de alguém traz o seu grito. grito fechado em casa podia ser um mau-olhado eterno, uma carência que se espalhava, como uma insatisfação que se repartia pelo espaço a atingir quem o percorresse. e eu estava seguro de que fora ele. não pude ir à sala, estava no colo da minha mãe tremente, a minha avó a lamentar o não se poder levantar e o diabo a passar no corredor e eu juro, olhou para mim com fogo nas ventas, não sei se sorrindo ou se furioso por ter falhado o alvo. e o diabo era de quatro patas, preto e cabeça em chamas.

dias mais tarde foi-se embora. incomoda o miúdo e é muito porco, não se lava ainda que lho ordenemos, argumentava a minha tia. e é muito pouco inteligente, a trocar alhos com bugalhos e satura-nos as almas. deixou tudo, desapareceu. no mesmo dia as mulheres foram ao seu quarto e meteram-lhe os pertences num saco de serapilheira que ficaria, à cautela, guardado no barraco do quintal durante um mês. nesse tempo só os cães do avô fungaram ali, que da família todos se quiseram arredar de tais objectos. depois queimámo-los e eu perguntei ao meu pai se não era antigamente que se queimavam as bruxas por serem más.

a minha mãe leu-me uma história nessa noite. falava de cavalos e árvores de fruto num lugar azul e amarelo, onde o sol descia sobre as pessoas para lhes aquecer a alma. nessa história um rapazito erguia-se nas montanhas para chamar os seus cavalos com um assobio, uma melodia como se fosse de flauta, e a planície enchia-se de crinas. o sonho do manuel era ter um cavalo, vira um uma vez quando o circo fora à vila. a minha mãe perguntou-me porque pedira eu que parasse, eu só quis pensar que o manuel gostaria de ouvir aquela história, mas naquela noite estava aterrorizado, porque queimáramos as coisas do monstro mau e eu tinha a sensação de que ele viria por nós. sabes, mamã, eu e o manuel queríamos matar o senhor luís, porque chispava e rosnava como um bicho, e nem o homem mais triste do mundo o veio buscar. o manuel sentiu tudo, na manhã seguinte confessou-me ter pressentido que o nosso medo secreto fora revelado a alguém. espantei-me de tanto e ficámos em silêncio um tempo, descobertos perante as coisas inexplicáveis, como se tivéssemos as cabeças abertas por cima e todos os seres do céu ou do inferno pudessem, afinal, ver claramente o que pensávamos. no meio das coisas inexplicáveis éramos assim uns recipientes de pensamentos sem tampa, e quem voasse ou vivesse nas aragens haveria de ter visibilidade perfeita para dentro das nossas cabeças.

ao padre tínhamos de contar tudo, mas eu pedira a deus que me desonerasse dessa obrigação. expliquei-lhe que não era pecado esconder algo, se pedíssemos primeiro a deus que nos permitisse o segredo. confessava-me assim, já confessei, deus sabe e se ele quisesse muito que o senhor soubesse haveria de ter maneira de lho dizer. quando o padre me bateu da primeira vez fiquei perplexo. fiquei uma pedra presa ao chão, os joelhos a tremer como madeira tola a querer ferir o mármore, e calei-me. saí da igreja lento, sem chorar, a acreditar que o homem mais triste do mundo poderia trabalhar com ele e que a morte poderia ser uma coisa encomendada por uma pessoa para outra pessoa qualquer. eu morreria naquele dia, pensava eu, que um padre bater numa criança só podia ser trabalho da morte. no muro do cemitério, com o cu protegido pela pedra, estava ele sentado a ver-me passar. eu não haveria de fraquejar, hesitar ou abrandar. ia lento mas sem alteração, sabendo-o ali pelo canto do olho, eu em fuga, cheio de medo.

o manuel achava que agora teríamos de matar o padre, e eu sabia que fazia sentido, que o padre dominava a igreja e, por algum misterioso processo, teria direito a decidir quem vivia e quem morria. até aí, ingénuo eu, convencera-me de que os padres eram seres de bem e era pelo bem que vinham, mas obviamente a morte também os atendia, pois, se lhes competia levar os corpos à terra e encomendá-los a deus, como poderiam estar impunes. o manuel acreditava que matar quem podia matar não poderia ser pecado, e até o homem mais triste do mundo teria de aceitar que um adversário à altura podia transformar-se num amigo. mas as facas da cozinha estavam todas escondidas, não duvidasse a minha mãe de que mataríamos o senhor luís, e não o poderíamos fazer com paus ou com pedras, seria lento, difícil ou impossível. que podiam duas crianças fazer. o manuel correu a casa dele para ver que coisa conseguia. eu continuava a rezar, a jurar a deus que só o faríamos para livrar o mundo da morte, seríamos por ele até ao fim. púnhamos as mãos no peito e rezávamos nos percursos entre a casa e a escola. a minha mãe era peremptória, matar nem era coisa de pensamento, tudo de mau vinha de uma ideia assim. assim que esquecêssemos tamanha heresia. arrepiámos a pele toda como se nos corresse um cubo de gelo de ponta a ponta.

    mas livrar o mundo da morte seria o perdão. na minha cabeça, se livrássemos o mundo da morte poderíamos esperar para ver o homem mais triste do mundo derreter como esse gelo no fogo. ele deixaria de ter razão de ser e o seu corpo, um corpo falso, ilusório, evaporar-se-ia libertando a sua alma, feliz por fim. pudéssemos imaginar o homem mais triste do mundo feliz por fim. possuído de medo, ainda à espera de morrer naquele dia, pedi perdão a deus por tudo quanto pensasse ou fizesse de mal, e vi num sonho a população reunida no adro a assistir à espantosa partida do estranho homem. era como uma fogueira criada a partir de dentro do seu próprio corpo, a fazê-lo desaparecer calma e serenamente, como apaziguado ou salvo também.

o manuel voltou e chorou de dor. que a dona tina o apanhara a afiar facas desmedidas para o seu tamanho de criança e lhe dera na cara sem contar a força. a dona tina, dizia-me, anda mal, doente, e enfurece-se com as coisas todas a ver se distribui pelos outros o seu desespero, não vá deus deixar de o ver.

não morri, estive sem morrer até adormecer exausto, para acordar no dia seguinte à procura de mim, perplexo. o manuel disse-me que era um plano para me enlouquecer. quem sabe enlouqueces e não podes contar o que conheces aos outros. fomos para a escola pela berma do caminho, a molhar os sapatos no carreiro da água. se o homem mais triste do mundo tivesse aparecido naquela manhã, eu teria sido capaz de me desfazer em partículas atómicas e trespassar os muros para fugir aterrorizado fim do mundo adentro.

no domingo seguinte, quando a minha mãe me deixou no confessionário e me ajoelhei novamente no mármore frio, o padre aproximou-se devagar e eu julguei que me sondava, talvez me lesse os pensamentos. estava apavorado porque ainda não tinha um plano eficaz para o matar e, para tudo o que eu pudesse crer, ele seria muito mais poderoso do que eu e, quem sabe, até teria a capacidade de me abater ali mesmo, perversamente escutando os passos de minha mãe do outro lado da porta, numa conversa animada com o senhor hegarty. a sacristia era húmida, era intenso o seu cheiro a bolor e o das ratazanas que se avistavam muito velozmente em vezes raras. nesse domingo, uma ratazana soltou-se tecto abaixo, descuidada, e embateu com um chiado nojento no chão, logo desaparecendo. o padre sorriu, disse-me que não havia nada a fazer e aproximou-se de mim como um gás que alastrasse. entre dentes, o nosso maligno padre confessou, esta igreja é uma casa muito antiga, é impossível conhecer todos quantos a habitam. levantei-me e pedi para que me deixasse sair, juro que não supliquei. mas quando me pôs a mão no ombro, como prendendo-me ou deglutindo-me, gritei pulmões cheios e a minha mãe entrou num clarão, como o sol da história dos cavalos, e aqueceu-me afastando a humidade e o bolor da sacristia de dentro de mim.

fomos afogueados caminho fora, a minha mãe sem me perguntar, eu calado a decidir definitivamente que havia de colocar o plano em acção, um plano, qualquer plano, e tinha sete dias, sete dias até ao próximo domingo, como sete dias antes de morrer e perder a guerra. a minha mãe dizia que o senhor hegarty estava afónico. levava dois dias afónico, para tristeza de quem acorria à igreja para o ouvir cantar. amuei mais ainda, porque haveria de se impedir tão belo canto, não seria manifesto de tempo difícil a chegar, perguntava. e o senhor hegarty nunca estava afónico, era dos anjos, e os anjos não se estafam nem enrouquecem com a aragem. muita coisa errada andava por ali, era isso, muita coisa errada que um só plano poderia arrumar.

lembrei-me do dia em que o manuel me disse ter avistado um gigante branco ao pé da vila. ofegava e era convincente, um gigante branco, do tamanho das casas a parecer uma luz intensa ou um anjo. o senhor hegarty era albino e media quase dois metros. punha-se entre nós como estátua de mármore muito macia e viva. eu achava coisas estranhas sobre ele e sua brancura. dissera-me que a sua mãe o tivera sozinha, já o seu pai morto há muito num azar. o senhor hegarty foi gerado nesse amor por seu pai morto. um amor comunicado entre vida e morte, como pedido insistente dos olhos da morte sobre um filho a nascer. por isso se esbranquiçou seu corpo para a cor das nuvens, o senhor hegarty tenum palavrão, a parecer que tudo era pouco importante. a minha tia cândida só falava para dizer meu deus e esfregava-se nas mãos da dona ermelinda como quem se aquece. era para não ficar maluca, como se os ossos lhe saíssem do lugar, por isso caía e parecia não saber andar. a minha avó estava quieta da morte na sala. os meus irmãos foram os únicos que não a viram assim, especada de solidão num lugar onde nenhum de nós a acompanhava. o meu pai fechou a porta e noite toda não dormimos de tristeza e medo. a minha avó era como um silêncio muito forte que nos sugeria coisas ao ouvido. noite toda me dizia, se foi um ar que te entrou, abre a boca, abre os olhos, abre bem os ouvidos e aponta para o vento. na janela do meu quarto, à espera, uma presença deixava-se sentir, ou era apenas como uma ameaça mortal da minha imaginação.

no funeral puseram o cristo dentro do caixão. ficou abraçada a ele, como a uma companhia ou ligação para uma viagem que ia fazer. eu imaginara o escuro debaixo da terra, e a água da chuva que entraria por todo o lado e alagaria as sedas brancas de lama. como tudo se deixaria sujo, tão desmazelado e indigno da minha avó que não suava. mas convencia-me de que haveria ali um caminho para o outro lado, era o cristo quem mo garantia. talvez por isso o tenha encarado mais do que três segundos, como não fazia até então, e lhe tenha pedido para tomar conta dela, imbuído de alguma alegria por me parecer possível que ele o fizesse. fora comprado por ela, era dela, tinha essa obrigação, assim como me alegrava livrar-me dele, daquele cristo tão ranhoso e severo, como mais sofredor do que os outros, mas doído e com outras vontades. como era estranho, se todos os cristos eram o mesmo, porque haveria aquele de ter um ar tão distinto e agressivo. e, se na verdade tivesse sido antiga, é impossível conhecer todos quantos a habitam. levantei-me e pedi para que me deixasse sair, juro que não supliquei. mas quando me pôs a mão no ombro, como prendendo-me ou deglutindo-me, gritei pulmões cheios e a minha mãe entrou num clarão, como o sol da história dos cavalos, e aqueceu-me afastando a humidade e o bolor da sacristia de dentro de mim.

fomos afogueados caminho fora, a minha mãe sem me perguntar, eu calado a decidir definitivamente que havia de colocar o plano em acção, um plano, qualquer plano, e tinha sete dias, sete dias até ao próximo domingo, como sete dias antes de morrer e perder a guerra. a minha mãe dizia que o senhor hegarty estava afónico. levava dois dias afónico, para tristeza de quem acorria à igreja para o ouvir cantar. amuei mais ainda, porque haveria de se impedir tão belo canto, não seria manifesto de tempo difícil a chegar, perguntava. e o senhor hegarty nunca estava afónico, era dos anjos, e os anjos não se estafam nem enrouquecem com a aragem. muita coisa errada andava por ali, era isso, muita coisa errada que um só plano poderia arrumar.

lembrei-me do dia em que o manuel me disse ter avistado um gigante branco ao pé da vila. ofegava e era convincente, um gigante branco, do tamanho das casas a parecer uma luz intensa ou um anjo. o senhor hegarty era albino e media quase dois metros. punha-se entre nós como estátua de mármore muito macia e viva. eu achava coisas estranhas sobre ele e sua brancura. dissera-me que a sua mãe o tivera sozinha, já o seu pai morto há muito num azar. o senhor hegarty foi gerado nesse amor por seu pai morto. um amor comunicado entre vida e morte, como pedido insistente dos olhos da morte sobre um filho a nascer. por isso se esbranquiçou seu corpo para a cor das nuvens, o senhor hegarty tendeu para anjo, e assim foi. o nosso senhor hegarty já não me enganava, ainda que ele desacreditasse ser verdade o que eu pensava, eu supunha. com a sua voz de anjo, e cor de anjo não lhe faltava, o senhor hegarty tendia para anjo como um homem prometido ao céu. e estava entre nós para nos ajudar. para nos querer bem, como ninguém mais seria capaz.

   o meu pai falou com o pai do manuel e fiquei sem poder vê-lo. assim dito à pressa, estávamos a fazer mal um ao outro com uma amizade de palermas, sem juízo. tínhamos só de ser separados, para distribuir a cada casa o peso único de cada um de nós. sem poder vê-lo, como haveria eu de matar o padre antes que este me indicasse ao homem mais triste do mundo. parei uma tarde em oração, fiquei diante do crucifixo do meu quarto por três horas, repetia vezes sem conta todas as preces que conhecia. a minha mãe, apertada, dizia-me, fica aqui hoje, não vás à escola, e reza, deus vai ajudar-te. e dizia-me, se rezares ao cristo da tua avó não lhe contes tudo, porque depois ele conta-lhe a ela. pude perceber que a minha mãe receava o que eu pudesse saber. impedia-o, escondia-o dentro de mim. eu também acreditava que a minha avó sabia mais do que fazia, mas rezei a medo umas poucas de vezes àquele cristo a ver se lhe obtinha bons ares e perdões para algo que me fosse mal na alma. era verdade que lhe fugia a sete pés, tão martirizado que o achava pela história absurda em redor da sua posse. até diziam que fora deixado por virgem maria numa aparição à minha avó quando criança. claro que era invenção, era só uma forma de ridicularizar a questão, o que ridicularizava o cristo, e levava a que algumas pessoas não gostassem muito dele. por isso me assustava, por ser polémico, diferente, como um cristo ranhoso, ovelha negra, mau. e, se conservava o poder

da omnipresença e podia ler pensamentos, perseguia-
-me, e sempre que eu queria dizer uma mentira ou fazer
uma asneira ele via-me, não o bom cristo, mas aquele, o
mau, o proibido e exclusivo da minha avó. era por viver
temendo os olhos de deus, como disse, e ter ali um óculo
apontado aos pormenores, criando nitidez nos mais ín-
fimos defeitos.

    a minha avó fazia cozido à portuguesa, disso é que
me lembrava bem. como do bacalhau no natal, cheio de
batatas e hortaliças. era bojuda, toda metida a trabalhar,
mas não suava. a minha tia dizia que ela trabalhava sem
se sujar, as pessoas porcas é que se sujavam. eu sabia
que isso era um preconceito agressivo, ou um exagero
como era de hábito da tia cândida, mas tendia a pensar
que a minha avó não suava porque era rica. não muito
rica, mas rica, como nós nunca haveríamos de ser após
a sua morte. e foi a comer, rica e limpa, que tombou. a
doença antiga mandou a morte buscá-la sem demoras,
como algo que se esquecera de fazer há muito tempo. e
que estava ela contente por se ter levantado da cama
naquele dia perante a insistência de toda a família. so-
fremos de pesar quando a morte se lembrou dela, ali
tão preparada para uma noite como outrora, vestida e
arranjada de festa. levantei-me da mesa e avisei o meu
pai, a avó caiu no prato, parece que morreu. o meu avô
sentou-se na pedra da lareira, perto de mais das bra-
sas, numa dor de amor que o queimou em poucos dias.
a minha mãe, precipitada sobre o cadáver, e eu a ouvir a
minha tia cândida gritar histérica pelo cristo. e foi assim
que o segundo grito se fechou em casa.

    estivemos sentados em redor de nada por um tempo.
a minha mãe falou dos meus tios de frança, havia que
avisá-los, ainda que não pudessem atravessar a fron-
teira de volta. o meu avô acenou com a cabeça e disse

um palavrão, a parecer que tudo era pouco importante. a minha tia cândida só falava para dizer meu deus e esfregava-se nas mãos da dona ermelinda como quem se aquece. era para não ficar maluca, como se os ossos lhe saíssem do lugar, por isso caía e parecia não saber andar. a minha avó estava quieta da morte na sala. os meus irmãos foram os únicos que não a viram assim, especada de solidão num lugar onde nenhum de nós a acompanhava. o meu pai fechou a porta e noite toda não dormimos de tristeza e medo. a minha avó era como um silêncio muito forte que nos sugeria coisas ao ouvido. noite toda me dizia, se foi um ar que te entrou, abre a boca, abre os olhos, abre bem os ouvidos e aponta para o vento. na janela do meu quarto, à espera, uma presença deixava-se sentir, ou era apenas como uma ameaça mortal da minha imaginação.

no funeral puseram o cristo dentro do caixão. ficou abraçada a ele, como a uma companhia ou ligação para uma viagem que ia fazer. eu imaginara o escuro debaixo da terra, e a água da chuva que entraria por todo o lado e alagaria as sedas brancas de lama. como tudo se deixaria sujo, tão desmazelado e indigno da minha avó que não suava. mas convencia-me de que haveria ali um caminho para o outro lado, era o cristo quem mo garantia. talvez por isso o tenha encarado mais do que três segundos, como não fazia até então, e lhe tenha pedido para tomar conta dela, imbuído de alguma alegria por me parecer possível que ele o fizesse. fora comprado por ela, era dela, tinha essa obrigação, assim como me alegrava livrar-me dele, daquele cristo tão ranhoso e severo, como mais sofredor do que os outros, mas doído e com outras vontades. como era estranho, se todos os cristos eram o mesmo, porque haveria aquele de ter um ar tão distinto e agressivo. e, se na verdade tivesse sido oferta de virgem maria, nem a virgem maria que o trouxera seria real do reino de deus, mas tão só uma ilusão ou alguém particularmente belo do mundo de cá.

    o manuel veio agarrado ao pai. vi-o pelo gradeado do cemitério e pensei em como estaria convencido de que era um sinal. vamos todos morrer, agora que descobrimos o segredo da morte, vamos todos morrer. estavam a começar pelos mais fracos, o padre, o homem mais triste do mundo, o senhor luís por onde ele andasse, era o que estavam a fazer. eu e o manuel ficámos em silêncio, juntos, e a dor era muito grande, a minha avó morrera por minha culpa, frente a mim, na mesa, como refeição da morte quando se alimentava. era tudo tão claro. e estávamos já na quinta-feira, faltavam poucos dias para domingo, e eu não teria como escapar. no funeral, por sobre as outras campas, foram colocadas flores novas para dar as boas-vindas ao corpo, estavam vivas como cores a trabalharem muito, e soltos os seus odores faziam do ar um espaço intenso, denso, quase palpável. o senhor hegarty cantou uma melodia muito triste, e no fim ergueu os braços por sobre nós. parecia um fantasma aberto no dia. um fantasma como beleza intensa da morte. deixava-nos passivos, resignados e silenciosos mais ainda. talvez por força dele não choveu nesse dia de inverno, fez-se um sol tímido, triste, típico de um domingo à tarde, a sugerir um passeio contido, sem grandes alegrias ou tristezas, apenas uma pequena bênção como um misericordioso intervalo nas maldades da vida.

    fugidos para o pé do rio, eu e o manuel a perdermos as esperanças. não mataríamos o padre, víramos como fora implacável a enterrar a minha avó, como se deitara todo em orações vazias, fazendo a plateia rezar mas fitando-nos por sobre a bíblia. estava à procura do homem mais triste do mundo, que nos levasse, era isso o que queria, e não entendíamos porque não aparecera. ao pé do rio, mesmo junto ao rochedo que se levantava mais alto e de onde se contava que uma mulher se lançara para morrer, jurámos escapar, os dois, domingo, antes da missa, escaparíamos à vida. que ficassem os monstros à nossa espera, nós já teríamos partido, e estaríamos com deus antes que eles o suspeitassem. domingo, antes da missa, iríamos ao rochedo da louca suicida e saltaríamos para os braços de deus, corajosamente. e até o brilho da água se abriu a uma limpidez maior como a descortinar os seus conteúdos, como algo que se nos revelava enfim, algo que fomos capazes de conhecer, e ficámos seguros e subitamente felizes perante tamanha transparência. sim, eram os nossos conteúdos também revelados, num pacto com a natureza, serva e voz de deus. não sorrimos. a tristeza era profunda. mas apaziguámos os corações e respirámos mais capazes de esperar.

por isso nem os arrelios de todos nos preocuparam ou alteraram. se estivemos juntos, foi pelo funeral da minha avó. acabado que estava o dia voltávamos para cada casa sozinhos e separados novamente, impedidos de julgar asneiras por coisas certas os dois ao mesmo tempo. haveria de ser à vez, cada um na sua vez, a decidir pelas asneiras. o que facilitava a vida dos adultos.

acordei a ver coisas diferentes, coisas em que nunca reparara e, antes que me convencesse de que estava num novo mundo, imaginei que era armadilha perigosa para me demover ou impedir. fechei os olhos no caminho, mão dada à minha mãe a puxar por mim aos esticões. gritava-me, raio de rapaz, que maluqueira é a tua agora e o manuel estava à porta da sua casa, comprometido, a silenciar algo. pela primeira vez vi-o como um estranho, outra pessoa, não outra pessoa que não ele, mas simplesmente uma outra pessoa, não eu, não uma pessoa minha, mas uma vida verdadeiramente autónoma e não necessariamente de acordo com as minhas opções ou, mais sério, com o meu destino. eu não posso ir, tu sabes que a minha mãe está muito doente, agora piorou, e o meu pai resolveu que vamos à missa mais tarde. iam à missa dos pecadores, dos que se atrasam, dos que não querem ir. punham tudo em perigo, era como era, uma família inteira. e, se não vens, como faço, terei de me confessar, nunca mais voltarei.

    jurei que o manuel me abandonou naquele dia, não fui eu, não foi coisa da minha cabeça. deixou de me fitar, agarrou no portão como se se protegesse contra mim, e silenciou-se de vez, como quem não me falaria mais, fechado sobre si mesmo para me deixar fora da sua vida. e eu fui, passei em corrida pela minha mãe, caí, abri os joelhos de feridas, e magoado corri de novo, fora do trajecto da igreja, com a voz aflita da minha mãe a alarmar a vila e o manuel a esconder-se em casa, calado, a segurar num segredo que me devia. entre a euforia do percurso pedi a deus que me fizesse voar como voava o homem mais triste do mundo, que me deixasse chegar lá depressa, que naquele momento eu poderia ser a criança mais triste do mundo. se a tristeza fosse a chave, eu estaria pronto a abrir a porta. e fiz a asneira na minha vez, pensei que talvez a do manuel não tivesse ainda chegado.

    no rochedo começara a chuva miudinha. a chuva dos tolos para enfraquecer as pessoas no caminho da igreja. a chuva que cessaria mais tarde, antes da tarde, para o passeio resignado de sempre. mal a vi, começara naquele exacto instante em que avistei o rochedo, e a ele assomei na minha corrida sem hesitações, como um cavalo, e voei até à água que bateu no meu corpo adormecendo-o.

dois

a louca suicida, pobre coitada, perdera todos os filhos num só dia. o mais novo de manhã, a caminho da escola, tomado pelos lobos que desciam à aldeia naqueles anos antigos, ainda os muros não se tinham levantado para separar a vila dos lugares tão sombrios do arvoredo. o filho mais velho perdeu-o a seguir, entrado ele em casa com a notícia, saiu em berros para saber de seu pai, que acudisse ou a mãe morreria de desgosto. foi ao saber do pai, agarrado manhãzinha à leiteira, que se viu amaldiçoado. logo a leiteira, saia porca, se aproximou da sua boca aberta e lhe espetou um arpão no peito. o pai a falir de vergonha, o adultério como crime hediondo, e a leiteira sem escrúpulos a espetar-lhe o arpão também. a minha avó é que contava que havia um terceiro filho, muito estranho e reservado, que avistou da janela do seu quarto o corpo do irmão na boca dos lobos, e, assim que a mãe o chamou em agonia, atirou-se janela abaixo para bater com a cabeça na pedra do tanque. naquele dia a louca suicida enlouqueceu, não dizia coisa com coisa, e sabia-se na vila que algumas frases pareciam da bíblia, como profecias, mas era sem razão que a queriam ver. a minha avó contava que ela enlouquecera porque a morte entrara na cabeça dela em demasia e pelos outros. não morrera, mas os dela sim, e a morte estava a chamá-la, que fosse, não devia esperar. quando a libertaram, um só segundo lá no quarto do doutor mateus, ela fugiu e, dizia quem viu, correu como um cavalo para o rochedo no rio e de lá saltou num grito de fúria. morreu de imediato, o seu corpo delicado abriu-se em dois com o choque da água. parecia ter-se feito pedra aquele rio tão límpido. o doutor mateus, muito velho e rabugento, quando ia à missa detestava que lhe falassem da história. dizia-se que tivera tempo para dar um sentido às coisas que a louca dizia, que saberia coisas, que era como se soubesse coisas da bíblia que não estavam lá. eu achava que o doutor mateus era só um velho tonto a querer chamar a atenção, se soubesse de algo o homem mais triste do mundo já o teria levado. na missa, eu nunca ficava perto dele. mas dele, sem saber porquê, não suspeitava eu.

quando recuperei os sentidos percebi que estava vivo. perceber assim que se está vivo é coisa de funda alteração. além de perder o tino, roga-se ao céu perdão, lamenta-se e fica-se a saber que deus não quer que morramos. não era a nossa hora, ainda merecíamos, e eu sabia o que isso significava, ficar mais tempo vivo era merecer. durante uns cinco dias internaram-me no centro de saúde da vila. então, havia um centro onde podíamos ficar doentes. a dona hortênsia era quem cuidava de nós, não era bem uma enfermeira, era uma parteira muito experiente que se deixara ali ficar por falta de partos. era uma excelente pessoa que eu aprendi a adorar e a ver como um ser impregnado das bondades de deus. no início, assim que entrei, vinha muito perto de mim e estendia as mãos no meu corpo a massajá-lo. o doutor brito deixava-a fazê-lo porque era muito suave, parecia existir quase só a emissão de um calor a partir da sua pele, como emanação de uma cura maior feita a partir do pensamento. sorria, dizia que eu era um rapaz cheio de sorte e que estava muito feliz por ter a oportunidade de me conhecer. deus seja louvado por ter permitido que eu te conheça, que cada pessoa que conhecemos é uma alma com quem poderemos estar no paraíso, se formos bons. porque cada pessoa que conhecemos traz uma peça do nosso caminho até ao senhor, e nós só precisamos de a guardar, de a preservar com cuidado, e esperar até o completarmos.

durante aqueles dias a minha cabeça mudou em relação a muitas coisas. a primeira foi a convicção de que eu seria uma presa próxima para os oficiais da morte. afinal eu estava ali para ficar, porque poderiam ter-me aberto a porta do céu ou do inferno e não o fizeram, era ali que eu ficaria, como uma liberdade que me garantiram. estava livre. a segunda convicção que criei foi a de que o bem, a sua prática, era uma dádiva. só os bons persistiam e ascendiam, que alguns podiam persistir mas descer, porque na vida havia mal a segurar os tolos para que trabalhassem em favor do inferno. por isso os maus se salvam da morte a cada passo, e iam ficando, para competirem connosco, os bons, pelo espaço, pelo único espaço garantido.

a dona hortênsia explicou-me que adorava os santos porque eram os homens mais próximos de deus, os homens bons. eram os homens que se tornavam tão limpos que deus queria partilhar com eles parte da sua coroa. subiam ao reino dos céus para serem, também eles, reis. por isso devemos rezar-lhes e agradecer-lhes os ensinamentos preciosos para que nós, mortais simples, sejamos iluminados e capacitados de fé. eu perguntei-lhe se o homem mais triste do mundo poderia ser um santo, ela disse quem sabe. mas não pude acreditar, nisso não poderia acreditar.

quando o manuel me visitou em casa, duas semanas depois, eu atado à cama por mais cinco dias ainda, entrou no meu quarto a medo. sem me encarar, deixou-

-se ali ficar, e eu olhei-o sem palavra durante minutos, num silêncio suspenso interminável como se estivéssemos numa descompressão antes de sair de baixo de água. então eu afirmei eloquente, abandonaste-me, mas quero muito que sejas meu amigo porque eu sou teu amigo. e podias ter fugido comigo pelo campo abaixo e ter saltado do rochedo, mas agora não quereria nunca que tivesses morrido porque eu não morri. e agora quero que sejas o primeiro a saber da resolução que tomei para combater todo o mal que existe, para lutar contra quem nos quiser magoar ou matar, eu decidi entregar-me a deus através da única maneira ao nosso alcance, farei de todos os meus actos um acto de bondade, até que dentro de mim só o que é bom se manifeste e eu seja bom também, eu vou ser santo. terei poderes com o tempo, aprenderei a curar os corpos e a salvar almas, saberei entender a voz de deus e deixarei de temer os seus olhos, pois eles estarão sobre mim em constante piedade. queres ser santo comigo, manuel. seremos os dois, há tanta coisa para fazer, tantas pessoas que morrem, seremos incansáveis a salvá-las. a mão que coloquei no peito ardeu de amor e esticou-se no ar para que se aproximasse mais, que viesse para o pé de mim, quantas coisas lhe queria dizer. ele tinha uma lágrima no rosto que luzia como uma estrela, era como se o seu rosto se tivesse acendido, e ele disse, compreendo, eu compreendo o que estás a dizer. perdoa-me não ter saltado contigo, tive muita pena da minha mãe.

    com a visita da dona hortênsia nesse dia julguei encontrar o argumento final, pedi-lhe que nos falasse dos santos, de como sofreram e de como eram iguais aos reis. que contasse ao manuel o quanto precisávamos de santos, pois eram eles o exemplo máximo, a prova de que se podia ser sempre melhor. e ela acabou dizendo como devíamos ser felizes só por estarmos vivos, que essa era a invenção maior de deus, a vida. que antes dela não existíamos, éramos como nada, ninguém, muito menos que mortos. a vida é que nos trouxe aqui e nos deu tudo, nos dá tudo.

    a minha mãe trouxe um chá muito quente para a dona hortênsia, juntou-se a nós por uma hora. a partir da minha cama, quieto, feliz, eu parecia uma fogueira que se acendia, benigna, como aquele sol do sonho que se aproximava, para nos aquecer a todos, e eu soube que o manuel compreendeu tudo, que estaria pronto a fazer o que era certo. quando foi, aliviado e surpreso, esgueirou-se até casa sem falar a ninguém, como se cozinhasse algo que não estaria pronto a comer, disse-mo. no dia seguinte voltou para mais, queria muito chegar lá.

    nessa altura, eu, em casa, podia levantar-me a custo, por vezes, e escapulir-me a saber da vida da família nas horas em que, por norma, estaria na escola. não fazia mais nada, ficava sentado pelas cadeiras a ver as coisas acontecerem em planos desconexos, sem poder correr à cozinha para ver o que se seguia às entradas e saídas sucessivas da dona ermelinda na sala. depois que a minha avó morreu, o seu rosto andava mais abatido, e até o seu silêncio, tão de costume, parecia mais fundo e absoluto. trabalhar ali dava-lhe cabo da alma. eram os santos, tantos, como um museu. de início apoquentava-se com todos, anos mais tarde fez uma concessão, benzer-se-ia apenas na presença dos cristos. nove, dois na sala, três no corredor, um na entrada, um no meu quarto, outro no quarto do avô e mais um no escritório. o problema era sempre o corredor, quem ia da cozinha aos quartos corria-o de ponta a ponta, e fazer o sinal da cruz com vénia três vezes, e quantas em pressa, não facilitava nada o trabalho. havia uma condenação nisto tudo. sentia-se vigiada por deus, expiando os seus pecados, tão pobre que sempre fora, tão pouco instruída, achava-se pecadora apenas por existir. que as coisas boas do mundo não eram para ela. havia pessoas assim, sabia-se lá, poderia ser culpada de ter três filhos e dinheiro nenhum para os criar. tomaria as coisas a pulso, a ver se eles se faziam homens e tinham melhor sorte.

  todos se habituaram ao coxeado dela ao ritmo dos cristos pendurados. aquele abaixamento discretíssimo e o percurso, já disforme, da mão pela cara e pelo peito. como um tique, quase não o víamos. eu confrontava-a com a sua própria mecânica, não significa nada, dona ermelinda, faz isso já sem saber, nem olha para o cristo, é como se reconhecesse o local pelo gasto da passadeira. não é consciente, pode ser pecado o sinal da cruz tão desfeito pela cabeça e pelo peito, como um gesto redondo sem expressão. ela tinha uma forma sofrida de sorrir, era uma composição da face que a fazia quase culpada de uma graça. dizia que se arrependia, mas que todas as noites antes de se deitar rogava a deus perdão pelo desrespeito. e dizia, eu acho que ele me ouve, sabe que o meu coração é puro, não o faço por mal, são muitos anos. os meus filhos estão de saúde, deus está de bem comigo, tenho a certeza. e de vez em quando cantava como cana rachada, coisas da igreja que ouvia o senhor hegarty cantar, ralhava-me se a interrompesse. cantar coisas de deus também é rezar-lhe, alertava. mesmo cana rachada valia pelas intenções, como se o ouvido de deus fosse surdo a pormenores assim. por vezes sentava-me na banca da cozinha e comentava comigo histórias da vida da sua casa que eu nunca vira. era para lá da vila, para o outro lado, onde passávamos muito raro em automóvel a ver passeios do avô, ou em dias de festa em que não fazia mal gastar gasolina. e a casa dela era pequena e antiga, tinha coisas como as outras, mas velhas, e ela sossegava-me, é assim mesmo, menino, não tem mal, o importante é que a casa se aqueça para ficarmos guardados do inverno. imaginava a dona ermelinda muito junta aos seus filhos, como a fazerem um pequeno círculo apertado, abraçando-os para angariar calor, a esfregar-lhes os braços e as costas como fazíamos às mãos a caminho da escola.

eu pensava na minha avó. em como a vira na cama agastada com uma doença que não lhe dava trégua, deixando-se deitada mesmo contra indicação médica. costumava vê-la coberta de colchas brancas com rendas a penderem até ao chão, em frente de uma janela de cortinas fechadas e um crucifixo de porcelana com as cores muito garridas. ouvia-a rezar antes de uma refeição, mas também ao acordar, antes de deitar, quando partíamos, quando lhe contávamos de um funeral ou simplesmente formulávamos um desejo. mas era ela quem rezava àquele cristo, e ai de quem lho quisesse roubar. foi a minha tia cândida quem um dia se aborreceu com ela e lhe gritou, acha que tem o olho de deus aqui. tem de ir à missa, não é a missa que cá vem. está feita numa velha preguiçosa e a preguiça também há-de ser pecado. na missa recebia-se o senhor, coisa que era assustadora para mim nos primeiros anos, diziam corpo de cristo e sangue de cristo e comia-se e bebia-se, como uma refeição única, impensável. o quanto me impressionava também ajudava a que aquele crucifixo da minha avó me assustasse, tão garrido, com as chagas e as feridas encarnadas de sangue, sempre tão doída aquela expressão, como podia propor a felicidade, garanti-la ou anunciá-la. e a minha tia que a queria, à minha avó, na missa, dizia-lhe do pecado da ausência, que a comunhão se tomava na presença de deus, na casa de deus, e que pediria a cristo que a fizesse sair daquele quarto para cumprir o seu catolicismo. e eu nunca vira a minha avó tão ágil quanto naquele momento, o salto que deu na cama e o modo como se atravessou na frente da filha impedindo-a de rezar àquele cristo, o seu cristo. este é meu, não lhe vais pedir nada que eu não queira, sai daqui. se era ridículo, sim, qualquer cristo é de todos, mas o que lhe dizia era isso, se queres compra um, este paguei-o eu, comprado para mim, é para lhe rezar eu, não tu. como se lhe fizesse milagres privados, milagres de que não saberíamos, coisas que estávamos sem merecer. a minha tia cândida escarneceu e disse-lhe, ora cá está a chave de tanto mistério, comprado onde, minha mãe, não o terá pago à virgem maria. a minha avó era mulher de se calar quando os arrelios lhe enchiam o nariz. ficava parada na cama, de braços cruzados, só a exigir ficar sozinha. e a verdade era que, agastada com alguma coisa, respirava pior. o meu avô entrava exaltado e corria com todos. ficavam os dois a segredar lá dentro, como se conspirassem. as mais das vezes a minha avó lamentava não ter por mão os filhos homens que, idos para frança ganhar dinheiro e fugir às guerras, acabaram por desaparecer da família e nenhum tento ajudavam a dar às irmãs. o meu avô apoderava-se da sua macheza e piorava o rosto. ninguém se aproximava.

a dona ermelinda dizia que tinha um cristo em casa. está no meu quarto, rezo-lhe ao levantar e ao deitar. é muito importante. ficava nas extremidades do seu dia, não a incomodava como os de lá de casa. não estava sequer com ele senão ao acordar e ao deitar, mas na nossa casa grande tinha sempre serviço, e as obrigações de uma criada à antiga eram a dobrar, havia uma ciência que se exigia, e o brio era que lhe valia os elogios e a convicção de que a noite lhe traria a justiça e, quiçá, o sonho. eu sossegava-a dizendo-lhe que era a minha terceira avó, haveria de ganhar o céu, como se eu próprio lhe desse a vitória. e dizia-lhe, talvez a minha segunda avó, porque a do meu pai nunca nos visita, tão raro a víamos. desde que foi para longe nunca mais soubemos de vida ou morte que lhe desse. a dona ermelinda sorria e pedia-me que não dissesse tais coisas, tentava convencer-me de todos os amores que me eram devidos, que era só uma forma de aumentar o seu amor por mim, e eu sentia-o e amava-a também. mesmo quando me apercebi do seu pecado, o que a fazia envergonhar-se perante os cristos. pudera eu adivinhar, aquela benza tão rápida tinha tanto de fuga quanto de hábito. fugia da frente dos cristos, pecava aos seus olhos, e os odores da sua roupa escondiam-se debaixo do das velas que acendia pela casa. são pelas alminhas, dizia, e eu é que já tinha ouvido os seus gemidos no quarto do avô, que não a poupara. sabia-a viúva, que prato débil, tão vulnerável ela estava, com tantos filhos para criar, e ele a dar-lhe uma nota de quando em vez, para os estudos dos meninos, dona ermelinda, veja se os salva dessas maleitas de agora, tantos se perdem. e se fossem filhos dele, sabia lá eu o que pensar. acreditei que ela se despediria assim que lhe saíssem os filhos de cima. mas saiu antes. arranjou emprego em outra casa e nunca mais se viu. até que se deitasse no caixão. fez-me impressão que não tivesse uma almofada ao invés daquela estaca, pregada lado a lado, que deixava a cabeça tão mal pousada.

naqueles dias, o avô andava a morrer pela morte da minha avó. ficava nos cantos a sumir-se rapidamente, como um balão a esvaziar olhos vistos. sobreviveu oito noites à esposa, oito noites tantas quantos os cristos em casa, que o da avó estava enterrado e nunca lhe daria mais um dia, se era dela. mas o que me afligia era ver a sua expressão rude, como transformada em pedra, duro, a fechar o semblante para cima do queixo. a fechar-se, parecia coisa da terra. a sua morte foi um medo para mim, embora soubesse que era de amor. o que eu via era o que sabia já de longe, que aos mortos dá-se terra e silêncio, pois se era o que fazia o homem mais triste do mundo. e eu achava que o meu avô ficara oito noites a comer terra e silêncio, até perder a vida porque a terra não pulsa, e ele estava a preparar-se para deixar de pulsar.

    no funeral, eu sentado no automóvel do meu pai, avistei as cabeças das pessoas pelo gradeado dos portões do cemitério. vi as carpideiras da minha avó, a minha tia alta como uma girafa, o meu pai a segurar na minha mãe de tristeza, e gente que nunca ia à missa, vi o padre convergir para a cova, vi o caixão muito escuro ser levantado por um momento e desaparecer, vi um melro a voar no frio intenso, e vi o manuel a quem não disseram que eu estaria ali. vi o senhor hegarty erguido sobre todos a cantar. fiquei em silêncio, sossegado, a ausência do homem mais triste do mundo acalmava-me, e por dentro eu estava a decidir tudo, estava a aprender todas as coisas da santidade e a enfrentar as minhas dores em profunda fé.

    durante a tarde expliquei aos meus irmãos as mortes todas. falei-lhes de como em cima de nós existe um reino de fumo muito leve e belo, onde todas as pessoas são espíritos felizes e sabem os segredos do mundo. que nesse reino deus habita grande e em amor, partilhando a sua paz intensa com os eleitos. se merecermos, vamos para lá um dia, como foram os nossos mortos. acreditava eu, para onde foram os nossos mortos. lá fora persistia a chuva miudinha do entardecer, que a nossa primavera era sempre um inverno e desde a páscoa que a chuva vinha mais forte no final da tarde, sem falta, muito miúda primeiro, a entrar no mundo vinda de sob o reino dos céus. naquela tarde também deixei a porta aberta para o corredor, a ver sobre o gasto da passadeira a parede despida, no lugar de onde se tirou mais um cristo para se abraçar ao avô. no gasto da passadeira parecia ver um buraco, um buraco para onde a dona ermelinda poderia ter caído. no vazio daquela parede, deitado sobre aquela passadeira, abriu-se um abismo com a falta do cristo, e as saudades do sinal da cruz mal feito em pressas, apoquentado, sim, pelas maldades do meu avô sobre ela, faziam-me crer que havia ali uma passagem para o céu ou para o inferno. deixei a porta aberta noite fora, a vigiar, como se esperando ver alguém surgir, a chamar-me para algum conhecimento de que eu necessitasse. pacientemente adormeci exausto, apenas coberto pelas pálpebras inocentes de cansaço.

quando regressei à escola os miúdos tinham medo de mim. contava-se que eu tinha estado morto e regressara como um fantasma que conseguiu recuperar o corpo. saltou do rochedo da louca suicida, vem possuído pelo espírito dela, diziam alguns. os meus pais disseram-me que foi ela quem o encontrou, que os peixes lhe tinham comido a carne mas ela fez uma magia e os peixes vomitaram tudo, disse outro rapaz. chamaram-me nomes, que me fosse embora, se queria estar morto que morresse longe dali. a minha professora, a professora blandina, protegeu-me com os braços e mandou-nos entrar. na sala, entre o manuel e a germana, afundei-me na cadeira de tristeza e declarei que não era verdade, que estava vivo e não havia morrido, só cristo ressuscitou e dizê-lo de outra pessoa era heresia. o quadro preto de xisto frente a mim estava como despregado sobre a minha cabeça a esmagar-me sem me deixar pensar. foi o manuel quem abriu a boca e confessou que haveríamos de ser santos, os dois, para salvarmos as pessoas da morte. naquele tempo a escola era muito pequena e tudo o que houvesse de ser feito estava nas mãos da professora, mas ela não sabia o que fazer. e eu lembro-me que a minha professora blandina começou a chorar sem reacção, o que fez todos os alunos silenciarem-se suspensos. a germana gostava de mim, era muito calma e tinha dificuldades de aprendizagem, quantas vezes lhe explicava eu coisas que ela não sabia, das matemáticas sobretudo. eu achava que os pais lhe batiam, porque tinha dias em que não dizia nada, como um cão que tem medo de latir por ser domesticado aos murros. eu achava que ela era bonita e que um dia poderíamos até casar-nos se tivéssemos de nos casar como todas as pessoas. perguntei-lho e ela disse que sim, que quando fôssemos grandes diríamos aos nossos pais para fazerem uma festa como foi aquela da irmã do senhor francisco, o sapateiro. a germana arranjou uma revista estrangeira com muitas fotografias de mulheres bem vestidas, e guardou-a no meio dos seus livros para mandar fazer o seu vestido igual àqueles. eram vestidos estranhos, como não se viam, tinham coisas a mais, como se fossem ou quisessem ser pássaros, e as mulheres levavam na cabeça chapéus que não serviam para tapar o sol se estavam dentro de casa, e era com um chapéu assim que ela se imaginava na igreja do padre filipe. e eu amuei por ser o padre filipe quem casava as pessoas na nossa vila, a germana a chorar de gostar de mim, a dizer à professora blandina que estava tudo bem, que eu me casaria com ela, seríamos felizes e haveríamos de visitá-la quando acabássemos a escola, tomaríamos chá e falaríamos contentes. subitamente eu sofri também pela minha tia sem saber porque ficara solteira. que já não era nova sabia eu, não me enganavam, tinha idade para ser casada mas não lhe acontecera. se eu fosse feliz com a germana queria dizer à minha tia como era, para ela saber como era, para não morrer sem ao menos saber como se não tivesse direito a saber.

nessa aula não fizemos nada. conversámos sobre uns e outros e eu expliquei que tinha vontade de ser amigo de todos como nunca tivera. demos as mãos em redor da sala e cantámos canções como se fosse para a festa de natal, por vezes alguém chorava e contava coisas que não sabíamos. a germana não contou nada, pensei que foi por se sentir segura ao meu lado, talvez por suspeitar que eu a conhecesse e que não precisaria de o contar a mais ninguém. senti-me muito feliz no fim. o manuel e eu, caminho acima até casa, fomos a sorrir estupefactos e a minha teoria era clara, devemos ser bons, manuel, teremos um amor infinito por todas as pessoas, e as pessoas saberão o que é um amor infinito e tombarão de paixão umas pelas outras até salvarem as suas almas.

o manuel contou de si, de como me abandonou. e se tivesse corrido e saltado comigo do rochedo o que teria sido. se deus o tivesse salvo como me salvou a mim, ficaria só feliz, muito feliz por ser escolhido.

na casa do manuel as coisas andavam más, e eu sabia que no caminho o que o apertava era a chegada. o medo da chegada, porque a casa cheirava a amoníaco, os adultos passavam apressados lado a lado a fazer coisas pela sua mãe. e o doutor brito que não largava dali, nas tosses, nas diarreias, que as diarreias eram piores se já não se levantava. as mulheres eram quem mais fazia, se lhe tocavam e limpavam o corpo, e defumavam o quarto com incenso. o manuel rezava, e poucas vezes eu ali entrei, se diziam que não era para receberem crianças. mas eu via-o, nas tardes em que não vinha ter comigo, escurecido pela sombra para lá da janela, encostado à parede onde lhe haviam pendurado a imagem antiga que nos deram na primeira comunhão. nessa tarde, com o sol muito mais intenso, havia pássaros e cães pelos lugares todos. estava tudo muito verde e fazia algum calor, e eu juro, vi sobre a sua casa uma claridade linda, uma claridade que ofuscava a partir do céu até aos azulejos das paredes e, como se fossem fumo, muitas coisas pareciam ali estar, como nas nuvens em que vemos animais e objectos, como num sonho, e algo me disse que a felicidade chegara e deus tinha dito. foi verdade que a mãe do manuel ressuscitou, foi verdade que a mãe do manuel ressuscitou, foi verdade que a mãe do manuel ressuscitou. e ele assomou à janela e disse, não posso ir brincar, senti que alguém chamava por mim e era aqui que eu devia estar. e acho que fui. ouviram-se gritos de felicidade no interior da casa, a dona tina levantara-se por seu próprio pé, estava na sala a pedir um copo de água, que a morte é seca e voltara de lá cheia de sede.

que dizia eu na escola ainda de manhã. que só cristo ressuscitara, de outra pessoa não se poderia nunca dizer o mesmo. por isso resplandeci à porta da casa do manuel e beijei as minhas mãos em prece, que o meu amigo tinha feito um milagre, abrira na sua casa uma fé intensa, onde todas as coisas boas podiam acontecer. a tia cândida foi quem me viu primeiro, abraçou-me e gritou que estás tu a dizer, que dizes tu criança tão estranha. e eu apontei a casa do manuel de onde ainda jorrava luz como candeeiros voando, mas ela não viu. caminhámos embora, com uma alegria única.

na manhã seguinte encontrei o manuel à minha espera no portão de casa, como de costume. a sua cara muito aberta parecia agradecer-me tudo de quanto nos tínhamos convencido. fomos de mão dada para a escola sem palavras, tropeçámos uma vez, parecia que partíamos para uma vida nova, segura, confirmada, sem dúvidas. foi por tudo isso que não temi a chegada de domingo. finalmente, após o sucedido, voltaria à missa dos domingos. e estava já ciente de que o padre filipe era um pobre, que nada podia contra mim e saberia disso pelo meu olhar. quando a minha mãe me deixou na sacristia sempre húmida e fétida, aproximei-me do lugar onde me ajoelhava há tantos anos e pendi o corpo em prostração. o padre filipe era um homem meio cego, só via o que lhe passava perto das fuças, dizia a minha tia, e só por sentir que o embate do meu corpo no chão não seria o de uma criança a ajoelhar-se é que se abeirou e viu. já tenho ouvido dizer coisas de ti, rapaz. parece que estás a pecar contra deus e que andas a aterrorizar as pessoas com mentiras muito graves. estarás possuído pelo diabo. que o diabo vem de muitas formas e tem rostos sem fim, pode parecer-se até com uma criança, sabias, rapaz. é preciso muito mais do que uma tentativa de suicídio para chegar a deus, e quer-me parecer que tu estás a caminhar passos largos para o inferno.

    ergui-me lentamente, como a descolar o corpo do chão sujo da sacristia, baixei os olhos vulnerável e talvez por isso, sem dizer palavra, justificar-me, suplicar ou fugir, o padre filipe tenha roncado um grito surdo e espalmado a mão na minha face com uma força bruta. saí porta fora da sacristia e gritei, senhor hegarty, deus quer que cante com sua voz de anjo para aliviar esta igreja de um barulho cruel. deus precisa de si. ele sorriu e não pensou no que seria. cantou simplesmente. o nosso estranho e belo senhor hegarty, o homem com a voz dos anjos, o homem com a voz de deus. a vida, naquele momento, era perfeita, como aberta numa clareira do paraíso onde um escudo protector se levantava contra qualquer mal que nos acontecesse. no paraíso todas as dores são anuladas pelo prazer de sentir apenas o que o coração manda, e o coração só manda amor. o senhor hegarty cantava e eu amava-o feliz, tão grato e tão feliz.

encontrei a minha mãe em silêncio, a perguntar se já me tinha confessado, eu a dizer que sim e a fazer o trajecto até à mercearia com o pensamento longe, sem notar que à medida que subíamos a rua a minha face se avermelhava e aquela mão imensa surgia garrida aos olhos de todos. foi o meu irmão mais novo quem mo disse, tens uma pintura na cara. eu afundei a boca no bolo que me davam e desapareci para as árvores a poupá-los de todo o mal que me era feito. sentia tudo sozinho, sem poder contar ao manuel nem à germana que, vivendo tão afastada, me seria impossível chegar até ela. a germana vivia tão longe que assistia à missa numa outra igreja, mais pequena, como uma capela para quem ainda era mais pobre, onde iam as pessoas que viviam isoladas lá no lugar dela. fiquei a roer a solidão, muito mais do que a dor.

o milagre da dona tina foi abençoado com o regresso do carlos, o irmão do manuel que estava na guerra em angola. regressou com ar de homem, contou-nos muito em segredo que perdera a virgindade, que as pretas é que gostam de foder, vocês haviam de as ver de mamas à mostra. eu não aceitei que o manuel entendesse o que o carlos dizia, achei que era porco e estava sujo na alma, ele, sim, viera louco da guerra, que a guerra fazia mal à cabeça das pessoas, isso era o que se sabia perfeitamente. mas o manuel insistiu para que lhe déssemos uma oportunidade, haveríamos de salvar a sua alma também, e tinha razão, não que salvaríamos a sua alma, mas que para se ser santo havia de se estar com os pecadores, que os puros não precisavam de mais nada.

    falou-nos, então, dos pretos e das pretas, e eu disse que havia uma senhora de moçambique a viver na vila. não me parecia gostar de nada que as outras senhoras não gostassem. de foder, dizia ele, com a boca cheia da palavra para nos impressionar. que raio havia de ser isso, foder. pensei num jogo muito secreto sem imaginar nenhuma regra. nunca ouviste falar do que fazem os teus pais à noite, não percebes como se beijam os homens e as mulheres, como ficam debaixo dos lençóis com as mãos no corpo uns dos outros. eu sabia do que estava a falar, sabia dos gemidos da dona ermelinda no quarto do avô, de como ficavam uns minutos ali trancados. na chave, por dentro, um lenço pendurado para que não se vislumbrasse uma réstia do interior. mas eram as pretas diferentes, contava ele e isso queria eu entender. o que fariam, porque o fariam. eu juro que a dona darci me parecia uma senhora normal mas preta, como uma camisola normal, igual a uma camisola branca mas preta.

    quando o carlos chegou a dona tina trouxe-o à noitinha a visitar-nos. comadre, veja o meu filho que veio da guerra. quase veio para o meu funeral. a minha mãe estava muito feliz com a notícia, era madrinha do carlos e tinha ficado com ele vezes sem conta, no tempo em que o compadre ia para longe trabalhar e ficava a casa da mercearia sozinha de homens crescidos. na sala estivemos todos em redor de umas fotografias gastas que ele trouxera da guerra, eram imagens da galhofa entre os militares, imagens divertidas como se a guerra fosse divertida. em angola os bichos eram tantos que por vezes os soldados estavam a disparar e vinha uma boca dentada que lhes engolia uma perna. era um perigo, porque não eram só os soldados inimigos, era o mato que estava repleto de ameaças. em angola tudo podia acontecer, porque os lugares eram ermos, esquecidos de tudo e de todos e deus não devia saber sequer que eles existiam. eram como lugares onde as pessoas podiam nascer ao contrário, vir de velhas para novas, podiam os leões nascer das árvores como frutos, as chuvas abrirem do chão numa correria tresloucada para chegarem às nuvens, podiam os homens ter filhos, que muitos pretos só tinham pai, muitos só tinham mãe e outros nasciam dos bichos, a maior parte, até há anos, nascia dos macacos, e em angola tudo era possível por isso, porque deus não ordenava as coisas, porque as coisas eram dominadas por um caos que ninguém podia explicar e por isso pareciam magia. eu juro, havia mulheres que se aproximavam de nós para fugir ao preto, e falavam de como deixavam os filhos com os pés plantados no chão para que a terra os fizesse crescer como plantas, e falavam de casas no interior da terra onde se podia dormir em nuvens que ali ficaram presas nos invernos mais densos, quando o céu parecia desabar e juntar-se à terra. eu queria ter trazido uma pedra que se lamentava à noite, num murmúrio muito baixo, por ser disforme e feia. que havia pedras muito negras polidas pelas águas dos rios e do mar que adquiriam o macio da pele. mas esta era uma pedra rude como muitas outras. à noite, se estivéssemos nas trincheiras meio enterrados no chão, e se o inimigo sossegasse por momentos, ouvíamos murmúrios vários, e a terra chegava a mover-se com o esforço incrível que as pedras faziam para serem ouvidas.

as histórias de angola espantavam-me. imaginava os campos repletos de crianças plantadas com os cabelos a ondularem ao vento. crianças sem escola, sob o sol intenso, a escurecer mais e mais a pele, e eu senti pena delas, a pensar como seriam belas e vulneráveis, e como era cruel que deus não conhecesse toda a sua invenção. mas eu compreendia, fazemos coisas sem saber, e ao fazer a nossa vila deus pode ter feito angola sem saber, por isso a ignorava. talvez o que tínhamos de conseguir era mostrar--lha, mostrar-lha, e eu pensava que, se a dona darci fosse à igreja e falasse sobre moçambique, deus, que inventou a nossa vila, saberia que sem querer inventou áfrica, e poderia ir lá ver como as coisas eram e ordená-las, ajudá-las a seguir o melhor caminho, como se lhes ensinasse a viver.

a minha tia chegou a casa muito tarde nessa noite. lembro-me de ficar no colo da minha mãe, tonto de sono a pedir-lhe que me deixasse estar ali um pouco mais. a minha tia cândida era uma mulher secreta, de quem nada se sabia senão que ficara solteira. eu não lhe podia perguntar porquê, estava proibido desde os seis anos, quando me lembrei de o fazer pela primeira e única vez. a minha mãe confiou-me que ela quisera ser assim, que há pessoas que estão melhor sozinhas, e ela nem estava sozinha, tinha a todos nós, não era de ter pena dela, e ter pena era coisa feia. compaixão, tínhamos compaixão pelas suas opções, e ela lá sabia como fazer a vida, que deus não se queixaria pois era tão delicada mulher. mas era secreta, muito calada para si sobre tudo o que lhe dizia respeito, e muito estouvada, a dizer coisas duras às pessoas, pensando pouco, precipitando-se. era ela quem tinha as conversas difíceis, como aquelas de ir explicar às pessoas que nos deviam dinheiro ou que prometeram coisas que não cumpriram. fazia muita falta, trabalhava no serviço da autarquia, descia muito cedo para o centro, fazia coisas para se tirarem os bilhetes de identidade e cartas de condução dos automóveis e motorizadas. era muito inteligente, percebia dessas coisas, como de ir ao banco e fazer contas que ninguém fazia. o meu avô queria muito que ela fosse doutora, doutora diferente do doutor das doenças, era para ser como uma advogada e ir para os juízes defender pessoas e animais. mas ela não queria nada como ninguém, era verdade, e não queria nada que lhe dissessem como viver.

quando chegou fui imediatamente para a cama, e não suspeitei logo ali de que a minha tia cândida tivesse um amante, sabia lá eu o que era um amante. por isso fui inocente no dia seguinte para a escola, e encontrei o manuel com o irmão no portão de casa, para irmos os três à classe que ia começar. o carlos viria assistir, queria falar à professora da possibilidade de completar a quarta classe, agora é que estava arrependido, quando era puto não sabia para que tanto servia ler e escrever.

inocente eu perguntei, e de que mais tinhas medo em angola. respondeu-me, da falta de mulheres, que depois de uma, não se pode ficar sem. porquê, insisti eu. olha, é da natureza, pergunta à tua tia porque não casou mas vai ao fim do dia à casa do senhor francisco.

eu também tinha visto coisas estranhas, como se fossem coisas angolanas. o homem mais triste do mundo voara por sobre o telhado da minha casa. quem pensava ele que eu seria, tão ordinário, a inventar coisas para que acreditássemos que ali não acontecia nada de especial. e o senhor luís que roncava por dentro do peito, e a louca suicida a assombrar o rochedo do rio, e aquele cão que vinha dos arvoredos, preto como um puma, os velhos juravam que existia e eu vi-o tão bem passar de cabeça em chamas no corredor de minha casa aquando daquela páscoa em que o senhor luís chamara a morte. e o senhor hegarty, quem teria a voz dos anjos senão o nosso cantor. quem pensava ele que era, o carlos, a mudar assim as nossas coisas, a falar de angola como se tivesse direito de desprezar a nossa vila, e era uma vila de deus, tínhamos a igreja, tínhamos o cemitério, e os milagres a abençoarem as nossas vidas.

a santidade era uma coisa para todos os dias, mas era difícil. porque a vontade de me manter santo não me assistia perante todos da mesma forma, alguns conseguiam destruir-me por dentro a esperança de os salvar. já o padre exigira o meu infinito perdão naquele domingo, depois, com a chegada do carlos tudo se complicava. era impertinente e sabichão, revoltando todo o espaço entre mim e o manuel, que me perguntou, achas que a tua tia queria casar-se com o senhor francisco. eu disse, sim. que saberia eu, que a minha tia era solteira e que casar-se era melhor do que estar solteira, por isso o senhor francisco, como qualquer outro homem, poderia ser a solução. a professora blandina deu-me um abraço naquela manhã, fiz uma conta de matemática muito complicada, sem me enganar e no quadro. achei que ela queria muito que eu sentisse a sua amizade, porque foi um gesto inusitado e mesmo disparatado. uma professora nunca devia tocar nos alunos senão para lhes bater. mas eu entendi de imediato, estava atento, tão sensível me encontrava naquele momento. sentei-me e falei da minha tia, ela é que era boa na matemática, já a vira a fazer contas com letras e tudo. ela diz que não inventa, que é mesmo assim, acho que uma letra é a fazer de conta que está ali um número de que se anda à procura, e depois de se olhar muito ele aparece e fica tudo bem. uma conta de matemática pode ser como uma história, anda-se à procura de alguém, encontra-se e juntam-se as pessoas para que dêem bom resultado e sejam felizes. gosto muito da minha tia cândida.

fui falar com a dona hortênsia que também me apertou contra os peitos assim que me viu. o manuel não quis ir comigo, coisa que me frustrou. estava a acompanhar o irmão e que se livrasse de chegar a casa sem ele. a dona hortênsia estava muito ocupada porque, para variar, havia mesmo um parto a ser feito. era uma senhora bonita a quem a barriga crescera de uma forma espantosa, estava deitada na cama onde estivera eu, uma cama que subia e descia, e gemia. ainda não é para agora, deve ser logo à noite ou amanhã, porque não rebentaram as águas. quando nasce um menino, primeiro há uma bolsa de água que rebenta. devia ser isso que fazia com que o bebé saísse, como a seguir numa enxurrada. achei que seria uma coisa bela fazer nascer um bebé. sentei-me a apreciar a dona hortênsia, aquela forma simpática como conversava comigo e com a outra senhora. é um menino que aqui esteve até à semana passada. um anjo, muito bem comportado, bom aluno e esperto, fará de qualquer rapariga uma mulher feliz. havia de ver como se porta, menina, quase cuidava de mim quando esteve aqui doente. sorria, estava tão feliz que eu entendi que a minha dor devia ser calada, mais uma vez, era a minha dor e, para isso, ser santo tinha de significar alguma coisa.

alguns dias depois eu soube que uma menina nascera. a minha tia estava no meu quarto a espanar o pó de sábado, e eu quis saber, o avô fazia coisas com a dona ermelinda, o carlos fazia coisas em áfrica com mulheres pretas, eu sei que para nascer uma menina os pais têm de fazer coisas, eu queria saber se quem fizer coisas com outra pessoa deve casar-se com ela, ou não pode casar-se nem que queira. a minha tia sentou-se caída na cama, a face espantava-se de tanta surpresa, boquiaberta, mil moscas poderiam fazer mira e acertar. é que o carlos disse-me do senhor francisco, e eu tenho muito medo de que a tia cândida esteja sozinha por não saber se deve casar-se com ele. eu gosto muito do senhor francisco se ele gostar da tia cândida. a mãe diz que o senhor francisco é um bom sapateiro. a chuva miudinha acelerou e a casa ficou mais húmida e desconfortável. sem resposta fiquei assim também, acelerado por dentro, desconfortável.

três

fazia aquele trajecto todos os dias havia mais de oito anos, e até já lhe passara pela cabeça que pudesse estar ali a sua morte. a tarde ainda pesada de luz, uma densa luz de verão, misturada com o pó da terra seca no ar e o tráfego de sempre, algumas caras conhecidas. o rádio num burburinho inaudível, e aquela voz calma, naquele dia, a dizer o absurdo, júlio, estás morto. que ridículo se estava a conduzir, ia para casa já tão perto. e a insistir, júlio, tiveste um acidente há dois minutos, na curva, os travões falharam e o teu carro seguiu ribanceira abaixo. encosta, vais sentir-te melhor. estranha a morte. como podia ser tão generosa e iludir as pessoas, a deixá-lo pensar que ainda conduzia. a mulher havia de o beijar como sempre, faltavam menos de três quilómetros, tão perto, que injusto morrer tão perto de não morrer. tão perto de estar em casa, não conduzir e não sofrer um despiste. com um beijo antes do jantar, ainda a tempo de sentar no sofá e ver na televisão do que falavam na rádio. eu achava impossível, a simpatia da morte seria perfeição de mais. evitava o trauma. sim, uma morte violenta podia ser traumatizante para a alma. e que mais havia de ser problema. a dona tina delirava, rebolava os olhos tentando convencer-nos de que comunicava com o outro mundo. e a minha tia perguntava ao espírito, como se chama a tua mulher, e onde vive. vou lá dizer-lhe que morreste de forma tão estranha, vai querer saber. mas a dona tina abalava a estratégia, repensou o delírio respondendo que isso era impossível, porque deus não permite revelações tão grandes. eu achava que à minha tia os nervos davam-lhe horas ao intestino, bem como se lhe ausentava a lucidez. por detrás da cortina, sem respirar, eu ouvia, tão ao nível da sua cadeira que eu estava.

quero saber mais, dizia a minha tia cândida, como um filme que se vê, não preciso que seja real, preciso que seja magnífico. quero saber mais sobre a morte simpática, o trauma das almas e as viúvas que ficam com os beijos do fim do dia suspensos no cozinhado do jantar. a minha tia cândida desatou a chorar de emoção, implorando à dona tina que convocasse também os meus avós. quero falar-lhes, quero saber se a morte se apiedou dos seus martírios, onde estão, se me podem ouvir e ver, se podem ver o que fazemos nós nesta terra de deus.

eu sabia que a minha tia mudaria de vida agora. quando me deixou sozinho no quarto pudemos os dois crescer. saber que todas as pessoas eram dotadas de pecado e que o pecado era natural, que a perfeição estava reservada para poucos, ou não fôssemos nós mortais, o contrário de deus. eu senti que o silêncio da minha mãe sobre o voo do homem mais triste do mundo era a sua forma de me magoar, de me deixar abandonado ao meu percurso, para descobrir, com a crueldade que me estava reservada, como era afinal o mundo. a minha tia cândida, por seu lado, desceu casa abaixo, rua abaixo, caminho à casa do senhor francisco e deu-lhe um prazo, que se fodiam as putas sem compromisso, às senhoras de bem dava-se amor, coisa que não se regateava, não se pagava, nem se pedia de volta. quando a dona tina recomeçou as sessões espíritas, agora tão convencida da sua extraordinária mediunidade, foi a minha tia quem a quis lá em casa a rever os ares. era já muito antiga a vez em que lá estivera a limpar tudo das más energias, e entretanto tanta gente havia ali morrido, gritos fechados em casa, lembrava-me a cada momento, tínhamos gritos fechados como dizia a avó quando era viva, e saberíamos nós que agora mesmo ela poderia ali estar a gritar. mas o que eu sabia era daquela aflição amorosa, de um amor difícil entre pessoas mais velhas numa vila encerrada em preconceito. e o que era para saber tinha que ver com os olhos dos meus avós sobre esse pecado. que diriam da virgindade assim perdida, não casada, ou antes de casada se se casasse, que nunca lhes perguntou tal coisa em vida, e a resposta parecia-lhe tão essencial para respirar agora.

 a minha mãe não podia entender qual seria a sua vontade, a da minha tia, e estava pouco fascinada com acreditar naquilo, preferia o jogo das palavras, as histórias que a imaginação delirante da dona tina conseguia inventar. por isso se levantou e saiu da sala assim que a médium garantiu que nada mais seria dito, o laço estava desfeito, o mundo dos espíritos fechara a porta. a minha mãe espreitou, perguntou se queriam chá, a dona tina aceitou, e ficou sozinha na mesa com a minha tia em suores, e sabia, porque lhe disse, a dona cândida está alterada e o que lhe vai na alma são males de amor. eu podia bem imaginar o carlos a contar à mãe o que me disse sobre as fugidas da minha tia à casa do senhor francisco, e imaginava melhor a curiosidade que ela teria em investigar a questão. a pergunta não me surpreendeu, surpreendeu-me a resposta, que sim, que queria decidir se assumia um namoro com um homem viúvo, um bom homem, da sua idade, nesta idade, que podem parecer dois velhos tontos juntarem-se assim, quando estão mais para morrer. mas a minha mãe também se havia casado muito tarde, tão tarde que quase não era para ter filhos, mas deus quis que os tivesse, três rapazes, e veja, dona cândida, nenhuma idade é empecilho, todas têm as suas coisas, e recomeçar e realizar sonhos é de todo o tempo. não desperdice nada do que deus lhe dá, aceite as dores mas busque as curas. enfrente a vila inteira se for preciso, enfrente a sua irmã e conte comigo se lhe convier.

o homem mais triste do mundo, disse-me também a dona tina, não fazia mal a ninguém, só metia dó. o chá sobre a mesa e eu subitamente autorizado a entrar na sala. não aceitava que a dona tina fosse essa médium entendida, pois se nem percebera que eu estava escondido por detrás das cortinas, mas aceitava que soubesse coisas sobre muito do que me apoquentava, se era uma velha atenta e com a mania de que via coisas, queria muito saber o que as outras pessoas viam também, saberia histórias. respeitava-me muito, pela companhia que fazia ao manuel mas especialmente pelo salto no rochedo da louca suicida do qual me salvara. claro que para todas as convicções eu não teria ressuscitado, que isso dos peixes era mentira, haveria lá piranhas no nosso rio, mas ir de encontro à morte era uma coragem, e saltar daquele rochedo sem morrer era uma proeza ou uma escolha de deus. este menino tem um dom guardado no seu silêncio, comadre, a energia dele é benigna, vai ser um grande homem, bom pai de família, porque paira sobre ele um sol, um sol muito aproximado que lhe aquece a alma. a minha mãe calava-se muito, calava algo que se lhe afundava no peito, um segredo que me deixava fora de saber tanta coisa. com a minha mãe à mesa a conversa da minha tia era outra, e, ainda que se falasse de amores e desamores, diziam-se as coisas no geral. era da dona hortênsia que se falava também, tão boa mulher, quando teve o filho já o marido estava fora dela.

era assim que diziam, que ele estava fora dela como se estivesse dentro até ali. mas significava que estava a viver em frança, a trabalhar e a enriquecer muito, com outra mulher, uma estouvada francesa que o apanhara na praia. era no verão que vinham uns franceses para a praia. por ano vinham cinco ou seis casais ou famílias. raramente, também vinham pessoas desacompanhadas, como se viessem para procurar alguém perdido na areia. dizia-se dessas mulheres que mostravam os seios, bebiam sozinhas e entravam no café para comprar cigarros. eu não ficava impressionado com tudo o que ouvia, a minha tia também fumara cigarros uma época. escondia-se no galinheiro e aparecia depois a cheirar a fumo, a minha avó notava logo. quando teve uma prova foi o pandemónio em casa, mas depois tudo passou, a minha tia cândida pediu perdão e foi à igreja confessar-se. mas da dona hortênsia o que sabiam era que criara o filho a pulso, e que seria um belo rapaz, estivera para angola também, pobre coitado, tinha pesadelos por vezes, mas não era nada, que estava seguro, a dona hortênsia haveria de o curar. o importante era que ela se convencesse a começar tudo de novo. era uma mulher muito nova, que pena que estivesse sozinha, e era de lei que estaria livre. ou não, a minha mãe achava que não, que haveria de estar casada mesmo que abandonada pelo marido. era injusto, que se juntasse então. em grande pecado, perguntava irada, por deus, meu deus, as coisas que você diz, comadre tina, juntar-se em pecado seria vender a alma ao diabo, que tonta seria cedendo assim aos prazeres da carne. não se tratava de carne, todos sabíamos disso, e a minha mãe só pensaria o contrário porque esperou até tarde mas encontrou, encontrou um homem solteiro e trabalhador que, por algum motivo, esperou o quanto ela esperou. mas isso não acontecia a todas, e o seu sofrimento em tantos anos de solidão e virgindade não justificaria um exemplo para todas as outras mulheres. eu queria dizer que a tia cândida ainda ia ser feliz, mas a tia cândida teve de esperar até ao dia seguinte para saber disso.

o senhor francisco bateu-nos à porta a meio da tarde. a minha tia estava a trabalhar e o meu pai também. atendi-o e solicitei que se acomodasse na sala, que a minha mãe viria de imediato. estremeci de ansiedade e alegria até à cozinha anunciando a visita. a minha mãe estava muito alheia ao que se pudesse passar, mas a exigência da tia cândida dera resultado, e estava ali notícia disso. o senhor francisco, chapéu na mão, a corar de embaraço mas a falar de coragem, que na idade com que estavam toda a felicidade era escolha de deus, e a deles não seria excepção. quando se passam os tempos da juventude, com inteligência, saúde, vigor e valia, resta-nos uma responsabilidade cinzenta perante tudo o que criámos em redor, mas, para alguns, é só avançado no tempo que algo se realiza, como para nós. fiquei viúvo muito cedo, dizia ele, por aquela tempestade que deitou a minha mulher de cama para a pneumonia a levar, e tenho estado na vida sozinho, sem filhos, a gerir as minhas coisas como sei, mas não sei. que os homens fazem a vida mas as mulheres fazem os dias, é o que lhe digo. que os homens inventam as coisas, fabricam as coisas e trabalham, mas as mulheres preparam as refeições, as roupas, as camas, cuidam dos filhos, guardam o dinheiro, gerem a casa que é como quem gere um pequeno mundo. os homens gerem o mundo, que é como quem gere a vida. as mulheres têm os dias, e eu tenho os meus dias sem gestão, num pequeno caos que vou ajeitando, não imagina o quanto é difícil e triste.

para a minha mãe a minha tia era uma pessoa nova e desconhecida. não que o senhor francisco lhe tenha dito, mas era explícito o adultério, o pecado, pensava ela. a irmã em actos sexuais, sem a bênção do casamento, sem a comunhão da igreja, de onde viria aquele mal. e supostamente teriam de casar-se, remediar o que haviam feito para provarem a deus o amor e o respeito pelas carnes um do outro. e não me fale mais em carnes, nem em pecado, senhor francisco, e tenho de tirar o miúdo aqui de dentro, vai para o teu quarto, que isto não é conversa para ti. ao fim da tarde, agastada com o calor daquele início de verão, a tia cândida rodou a chave na fechadura e ouviu o grito de minha mãe entoar por toda a casa, deus meu, não tenho cara para lhe falar. eu galguei o corredor até à cozinha e anunciei ansioso de alegria, o senhor francisco esteve aqui e contou tudo à mãe, agora já sabe tudo, já sabe de tudo. isso passa-lhe, ela está tonta, mas isso passa-lhe. a minha tia escorria suor pela face e brilhou de felicidade e medo. levou a mão ao peito porque o seu coração queria sair cá para fora. era um animal escondido havia muito e agora queria mesmo sair cá para fora, ver como eram as coisas. ver tudo. o mundo que não tinha fim. que para lá das árvores estavam árvores, era mentira que acabava tudo. havia países em todas as direcções, se andássemos muito chegaríamos a espanha ou a inglaterra, o país do senhor hegarty, era verdade. eu já achava que os caminhos frustrados do arvoredo eram só para dificultar a passagem, mas se voássemos de avião ultrapassaríamos todas as barreiras e chegaríamos ao outro lado. mesmo depois do lugar onde o homem mais triste do mundo vivia. na escola falámos disso, dos países e de como estavam em todas as direcções e que depois do mar havia mais terra, outra terra que estava como nós a olhar para o mar, como margens de uma mesma estrada. era de onde vinham os navios. víamos os navios passarem ao longe na linha do horizonte, iam para cima na costa, para uma terra com um cais muito grande, que a nossa doca só daria para as barcaças mais pequenas de todas, e um navio era como uma rua de casas, todas alinhadas umas atrás das outras em cima de uma chapa de ferro que sabia flutuar.

embrenhados no arvoredo, eu e o manuel procurávamos entender os caminhos. apontávamos coisas em cadernos para nos lembrarmos das escolhas que fazíamos e avançávamos atentamente. não era nada da santidade que ali estava em causa, era a liberdade alcançada, verão, os espaços muito mais abertos de luz, nada do sombrio aspecto das outras três estações na vila. e era por superarmos o medo e o temor ao que nos diziam os adultos sobre o fim do mundo. que aquilo de se ser santo estava calmo, as desgraças suspenderam-se e uma qualquer alegria impunha a despreocupação e aquela tão esperada liberdade. pudemos discutir coisas íntimas no percurso, como as agressões do carlos aos pais, isso, sim, que seria isso senão uma obra do diabo, um filho falar torto aos próprios pais, era coisa ruim. e a felicidade da minha tia cândida, preparando-se para casar, o senhor francisco em segundas núpcias e eu admiti, acho que faziam aquilo de que te falei do meu avô com a dona ermelinda, foder, como diz o porco do teu irmão. fodiam porque a minha tia cândida ia ter com ele, sozinha, ao fim da tarde, porque gostava de estar com ele e eu acho que os dois gostavam de foder. mas não digas a ninguém. estás sob juramento. lembra-te do que isso é.

os caminhos eram intransponíveis para confirmar a teoria do avião. mas a desilusão tinha que ver com não encontrar o lugar do homem mais triste do mundo. era aí que, na verdade, eu queria chegar. ver. ver.

desde há semanas que não me confessava ao padre, que estava absolutamente possesso pela falta. exigi-o, se me obrigarem a confessar-me ao padre salto do rochedo e morro. salto para o lado das pedras, bato com a cabeça e morro. estive dois dias a silêncio, pão e água, por pecar o pecado da desobediência. mas não estava a brincar, era a minha força toda, não falarei com o padre filipe, que me bate, é mau, precisa de ser salvo, não pode salvar. assim, passei o verão a frequentar a missa e a subir mais cedo à mercearia para o bolo de sempre, por vezes, a medo, ouvia o canto final do senhor hegarty já ao pé da porta, como o avanço de uma lebre na corrida. o homem mais triste do mundo sabia da alteração, sentia-o, observava-me à saída com ar de quem sai incompleto, e eu afundava-me naqueles olhos de abismo até me ver desaparecer já distante. fiquei muito protegido por abandonar a obrigação da confissão, a chegada dos domingos trazia uma bênção feliz, trazia o bolo, o almoço cuidado e de maior convívio onde, em agosto pela primeira vez, recebemos o senhor francisco lá em casa.

a dona tina tinha de ver com os seus próprios olhos, mais do que vira pela janela de sua casa, e foi perguntar a receita de uma sobremesa. o senhor francisco estava na sala calado com o meu pai, constrangido sem saber o que comentar. perguntei pelo manuel, ficou em casa. senhor francisco, boa tarde, que gosto em vê-lo por estas bandas. muito obrigado, dona tina. fica para almoçar, perguntou. assim é. comadre tina, aqui tem a receita, não esqueça de arrefecer, tem de arrefecer. claro, está muito calor este verão. mas não era do que eu falava. pois não, eu sei. senhor francisco. muito boa tarde, dona tina. boa tarde, comadre, e que tenha bom apetite. pois avancemos, o almoço estará servido em dois minutos. e avançámos, o meu pai a distribuir os lugares e as duas mulheres a entrarem e saírem com saladas, carnes e vinhos. e, como ninguém era capaz de falar, falei. a tia cândida agora vai casar-se e viver com o senhor francisco. vamos ficar mais sozinhos aqui, mas é para o bem dela. nós devíamos arranjar uma empregada, que a mãe ficará muito ocupada com a casa toda se não for assim. a tia cândida devia ter uma empregada também, porque trabalha muito nos serviços e o carlos disse-me que as pessoas quando se casam ficam muito apaixonadas e não querem fazer nada. a tia cândida não vai querer fazer nada, mas é uma coisa natural que com o tempo passa, não é. solenemente fui mandado de castigo para o meu quarto. os meus irmãos a troçarem de mim. a curiosidade e a indignação a desfazerem-me os ossos. eu achava que educava os meus irmãos com aquilo, achava que lhes explicava como as coisas dos adultos podiam ser simples e tão claramente entendidas. e insisti em que seria bom termos uma empregada, como a dona ermelinda nos tempos ricos dos avós. mas era coisa de importância grande que não ficaria à decisão de uma criança. mandado para o quarto de castigo fiquei a sentir a santidade e o modo rigoroso como se prepara uma alma para coisas maiores.

    naquele longo almoço tudo se definiu. assim que saí falaram do destino. que coisa estranha seria, juntar duas pessoas, uma de cada ponta da vila, duas pessoas que ninguém diria conhecerem-se além de um cumprimento cordial na rua. a rapariga que nascera há poucas semanas tinha um destino também. toda a gente tinha. o dela, garantia a dona hortênsia, era o de ser costureira, pois se a sua mãe era, a sua avó e a sua bisavó também. tem de ser costureira, que até lhe fica mal pensar em outra coisa. o senhor francisco era um homem muito delicado, com modos de pessoa rica, parecia saber coisas que só as mulheres sabiam e isso seria porque vivia sozinho há muitos anos e as coisas aprendiam-se. por isso comunicava com as mulheres de forma especial, e tinha com o meu pai uma incapacidade natural de entendimento. nas suas visitas lá a casa era sempre o mesmo, o meu pai a fumar calado, ele com os olhos brilhantes a trocar palavras soltas com a minha tia ou com a minha mãe no vaivém entre a sala e a cozinha.

em setembro, domingo, foi que tudo recomeçou, o anseio pela pureza e o chamamento constante para as coisas de deus. sei que foi pela perda da inocência, mas na altura era o risco que o mundo corria, se as coisas existiam como me era dito, nada do que cria estava seguro e havia que fazer algo. rezar, chorar noite inteira de aflição, o coração tão pequeno dentro do peito. deus meu.

após a visita do senhor francisco, a tarde trazia uma calma profunda, a tia cândida saía para se passear em namoro pelo campo, a minha mãe costurava ou bordava e o meu pai punha as botas num banco e dormia esticado no sofá. nesse domingo, como em todos os outros, desci à casa do manuel a chamá-lo, e à porta veio o carlos. saiu-me o carlos como saía um louva-a-deus assustador de uma toca quando procurávamos belos grilos. porque veio para me assustar, dizer-me coisas que não queria ouvir ou não queria que existissem. e eu perguntei pelo manuel. queria apenas sair em brincadeira com o manuel, mas seguimos todos os três para o pé do rio. foi de ali que te atiraste. foi. deve ser coisa para malucos grandes isso de saltar dali. ou então era preciso fugir de algum bicho muito mau. e a tua tia lá anda com aquele maricas, o senhor francisco, ui tão delicado, como as meninas, não admira, deve ser uma menina por dentro. sabias que no estrangeiro há homens que se dizem mulheres. nem querem saber de terem uma pila, dizem que é como se fosse falsa. e depois fazem amor pelo cu porque não têm racha. enfiam coisas no cu, percebes. o senhor francisco esteve muito tempo sozinho a fazer coisas de menina como lavar roupa e cozinhar, é maricas, sabes, maricas não é de ter medo, esses são os medricas, maricas é querer meter coisas no cu. estávamos sentados na margem do rio, num lugar seco e pedregoso que permitia que não nos sujássemos, e eu sorri nervoso, a espanar as calças como um rapaz bem comportado, e disse, estás a gozar, estás a inventar isso, és um parvo. mas a sua impiedade era tremenda, afastou-se um pouco de nós e preparou o seu veneno. e a tua tia sabes de que tem cara, de puta, sabes o que é, uma mulher tão porca que fode com todos os homens e mesmo que tenha racha para foder deixa que lhe ponham a pila no cu. sem precisar, sabes, só porque é porca deixa que lhe ponham a pila no cu e até na boca. eu juro que fiquei sentado, a chorar, que o manuel gritou furioso com o irmão e me fez justiça. não se diziam aquelas coisas, se eram mentiras, és um porco, carlos, devias ter morrido na guerra, que nós os dois vamos ser santos, não queremos saber das tuas ideias cruéis. e eu juro que ficámos sentados, eu e o manuel, mas do ar fez-se uma mão pesada que empurrou o carlos margem abaixo a bater com as pernas nas pedras. ficou a chamar por nós em agonia. corremos a buscar ajuda, aos gritos para o ar como se nos pudessem cair anjos do céu. deus ou o diabo tinham falado connosco naquele momento.

   que haveríamos de ter feito, desejar que morresse, para dois santos não era coisa boa, já o sabíamos. foi noite toda a minha cabeça a ver coisas, delirando, fazendo-me falar, e a minha mãe sentada ao meu pé, passando panos na minha testa, segurando-me a mão, e eu implorava, deixem-me ficar sozinho. mas queria era a minha tia cândida, que medo se ela fosse uma perdida tão grande assim. o quanto eu gostava dela e ela se deitaria fora. por isso veio, acordada como a minha mãe a sentar-se à minha beira, e foi no momento em que se ergueu um pouco para escorrer as pernas que a vi de costas e se acendeu no lugar do seu cu um ponto vermelho, uma luz como a que se tinha acendido no cu do homem mais triste do mundo. sim, como a que imaginara no cu do senhor luís, o monstro. era ali, fiquei a saber, o ponto fétido e fraco do ser humano. enfiamos-lhe um pau no cu, dizia o manuel sobre o homem mais triste do mundo, e vencê-lo-íamos. e venceríamos todo e qualquer um por ali. fechei os olhos e suportei o sofrimento mais quieto. adormeci, uma vez mais, por exaustão.

na manhã seguinte acordei para acender, indiferenciadamente, pequenas luzes no cu de toda a gente. de toda a gente. ficava quase a procurá-las discretamente, morbidamente. um instinto accionado, e desde logo havia cus mais assustadores, eram as formas que os envolviam e os tornavam mais impositivos, muito mais agressivos no globo do corpo. via-os, discretamente. eu secreto, insaciado, obstinado, suado, feio, porco, o último. uma dor de cabeça persistia da noite mal dormida e do novo tormento, uma invasão de sinais, como sinais malignos. havia um modo de toda a gente ser maricas, como explicar ao carlos, um modo porco de toda a gente querer enfiar coisas no cu, como se devêssemos lembrar durante o dia, e para coisas práticas de bem, que existia aquele lugar horrível no nosso corpo. um lugar condenado que fazia parte do facto de sermos condenados também e devermos obediência. era uma mariquice grande a de termos cu e ele se impor subitamente no nosso quotidiano, como se quisesse coisas, como se participasse em mais do que devia participar. como se fosse uma inquinada e maldita maneira de exercer o amor. e eu achava que o amor era por todos. um amor por tudo e todos, pela vida. e o amor estava cravejado de luzes, como se pelo amor se montasse um cemitério longo de velas acesas ondulando nos gestos, ondulando na debilidade com que naturalmente segurávamos um sentimento tão precioso.

não diria nada ao manuel, farto de esperar por mim no portão, impaciente, porque demoraste tanto hoje. vamos fugir daqui, a minha mãe está nervosa e convoca espíritos. o meu irmão ficou no posto de saúde e não me querem dizer nada. o meu pai está furioso, quis bater-me ontem, tive de esconder-me. expliquei que não tivemos culpa, mas ninguém acredita. o meu irmão mandou pela dona hortênsia um papel a pedir que rezássemos por ele, eu e tu, se queremos ser santos.

mais uma vez a desgraça marcava posição, a recolocar-nos um a um no nosso lugar de sofredores, para temermos a deus, para iniciarmos as chuvas, entrava o outono e durante nove meses tudo seria sombrio, húmido, feio, o de sempre, era como sentirmo-nos subitamente chamados para casa, reconhecidos, condenados. era uma desgraça terrível, logo soubemos, o carlos ficaria de cama mais que quieto, ficaria paralisado, mexia a cabeça, nem os braços nem as pernas, e não se sabia quanto tempo poderia assim ficar. parecia um tonto como se o seu corpo estivesse enterrado no chão só deixando a cabeça de fora. era assustador. mais ainda porque eu e o manuel julgávamos que um de nós, ou os dois, tinha criado no ar aquela mão pesada capaz de o empurrar. foi o manuel quem desejou que ele tivesse morrido, mas eu calei como se anuísse ou conviesse. e ele caiu, estropiou-se, para nos sair do caminho, teria sido por nossa vontade, nosso pedido. estava numa cama ao pé da janela, pude vê-lo, entrei com a minha mãe e deixei-me estar muito junto às suas saias. comadre, que desgraça a minha, para que foi que deus me deu a vida se era para ver morrer o meu filho. um filho que morre antes dos pais não é coisa de deus. que diz para aí, comadre tina, deus não fala connosco, não sabemos o que é seu. sinto uma revolta tão grande, o meu menino contou-me tudo, como foi empurrado pelo ar vazio, como um espírito que tivesse aparecido para o matar. pode lá ser isso, tina, foi sugestão do desequilíbrio, desequilibrado lá sentiu que o empurravam, é do susto. não, que o meu manuel e o seu menino também o dizem, houve ali mão de outro mundo, algo trabalhou para fazer mal ao meu carlos, e eu não sei o quê ou quem. está a dormir, não o acordemos. passa o dia nisto. há duas semanas, desde que aconteceu, por vezes fica a olhar para a chuva, como se visse coisas na água. sabe, numa noite, amedrontado, disse-me que estava à espera de saber mais, como à espera de alguém, porque alguém haveria de vir para completar o que começou. tenho medo, todos os dias tento contactar com os espíritos para que me digam coisas do lado de lá, para saber quem foi e ao que vem ou quer vir. mas os espíritos andam confusos e falam de actos desconexos, sofrem, prometem um inverno rigoroso, ainda mais, e não me falam sobre o meu menino. tina, sossegue a sua cabeça, não procure entender, procure suportar o seu filho o mais que puder, peça a deus, peça a deus, que só ele pode recuperá-lo. nunca desespere, o desespero turva as ideias e impede a entrada do bem. mantenha-se limpa, mantenha-se saudável. ai, amiga, que coisas me pede se não tenho forças, corta-me o coração vê-lo ali como uma flor, parado, a enfeitar o quarto ao invés de viver. e chora tanto, não imagina o que é deitar a cabeça na almofada e escutar baixinho o choro contínuo de um filho. noite após noite, sem poder fazer nada senão esperar. não me faça chorar, comadre tina, compreendo o seu sofrimento, compreendo, não me entenda mal, só quero que tenha força, que se ajude a suportar a provação que deus lhe dá. pense nele, pense em deus, não o perca, que ele encontra-a. a dona hortênsia é que me tem valido, sobe cá todos os dias, massaja-lhe o corpo, ajuda-me nos banhos, conversa com ele sobre casos de bom resultado, diz-lhe que espere, que o corpo está em estado de choque e um dia vai reagir, está só com medo, assustado, quando o susto lhe passar vai mexer-se e gritar que está vivo. é verdade, o doutor brito diz que não partiu nada, tem os ossos inteiros, por isso foi um ar que lhe entrou. é um ar, comadre, mas nós sabemos como um ar pode matá-lo. tem de sair, tenho de lho tirar. comadre tina, deixo-lhe ficar este terço meu, era de minha mãe que sobreviveu muitos anos à sua doença por segurá-lo na mão. enfim, pelo terço e pelo cristo que levou, que aquele só a atendia a ela. mas a este terço tenho eu reconhecido grandes méritos. deixe-o consigo enrolado nas mãos, não o largue, trará a paz de que precisa. rica amiga, se deus salvar o meu menino monto-lhe uma cruz na praça bordejada a ouro. não diga isso, onde teria dinheiro para o fazer, e ele não quereria que o fizesse, fazer uma cruz sem poupar o pão dos filhos também não seria certo. ai, comadre, não sei o que digo, que minha vontade é prometer tudo, caminhar de joelhos até à igreja, assear todas as campas do cemitério, até fechar as pernas de vez. não diga isso, tina, tenho aqui o meu pequeno. o meu marido quer levar o meu menino para a cidade, quer pô-lo num hospital, mas o doutor diz que é da cabeça, e que problemas destes não se tratam senão dentro da cabeça, não vale a pena viajar. ando a perder a esperança, porque, se é na cabeça que está a solução e com o tempo ela piora, afasta-se a cura cada vez mais até se perder. eu falo com ele, alerto-o, tens de deixar passar, esquecer, perdoa dentro de ti, perdoa. mas, comadre, ele duvida de tudo, e não sabe se há-de pedir a deus ou ao diabo. comadre tina, não repita isso nunca, nunca, agarre o terço, sinta-o, deus existe, comadre tina, deus existe, não o perca, não o perca agora porque se o seu menino duvidar cabe-lhe a si acreditar por ele e merecer por ele a sua salvação. esta noite, a meio da noite, muito escuro lá fora, um silêncio, acordei mais uma vez, e pensei no meu menino, a ouvi-lo a soluçar, e não senti deus, não acreditei nele, comadre, fiquei sozinha, pela primeira vez na minha vida, fiquei sozinha, não me aconteceu nem quando morria eu, que morria convicta de que caminhava para o céu, e chegava a ter felicidade ao saber que morria, porque estava ali o meu momento e era deus quem o criava. esta noite, comadre, deus não existia, e eu tentei que me acudisse algum espírito que me dissesse algo, e não veio ninguém. não senti nada. agarre na minha mão, quando voltar a sentir esse vazio, sinta este aperto da minha mão, eu estarei consigo. e não desespere, aguarde-me, chame por mim, vá por mim lá a casa e não fique sozinha. e eu juro-lhe, o carlos vai melhorar, eu juro-lhe, comadre tina, o carlos vai melhorar.

pude ver, à saída, o sono profundo do carlos, inerte. e a luz acesa no seu cu, a trespassar o colchão e a iluminar por baixo da cama o pó e um chinelo que para ali estava esquecido.

muitas coisas se debatiam por chamar a atenção dentro da minha cabeça. imagens, ideias, tudo vinha à superfície do pensamento e se misturava, para trocar posições, estabelecer ligações estapafúrdias, propor soluções impossíveis entre outras improváveis mas subitamente atraentes. na verdade, eu queria ter podido falar com o carlos, queria ter sabido do seu arrependimento que era como quem pedia perdão da forma mais fácil. sim, era como eu pedir perdão da forma mais fácil. estava convencido de que ele precisava de uma lição, mas um santo devia ensinar pelas palavras e bons actos, e atirar uma pessoa pedras abaixo, paralisá-la, era fazer o mal, não era o caminho do bem. os caminhos eram a vida, o resultado podia bem ser a morte, por isso também os caminhos nos obrigavam a uma atenção de cuidado e bondade. a minha tia, rabo muito aceso, entrou em casa muito cedo nesse dia. indisposta, correu para casa para se deitar. a minha mãe emudeceu na cozinha e eu ouvi-a a pensar alto, dizia que estava grávida, a minha tia. a vontade de pedir perdão ao carlos desapareceu. se a minha tia fosse como as putas eu queria morrer, e o desgosto seria tão grande que todas as outras pessoas poderiam penar sem salvação que eu não seria santo para coisa alguma. que morressem e partissem para o fogo do inferno. deslizei corredor dentro e tranquei-me no quarto a chorar. a dona ermelinda, era eu novo ainda, punha a mão na minha cabeça e dizia, um rapaz só chora se deus deixar. era algo de muito confuso para uma criança, a cada passo decidir se deus deixava ou não. ajoelhado de tristeza, cheguei a detestá-la por me haver incutido aquele preconceito. e isso era o pior que podia fazer à minha convicção de santidade, odiar alguém. fiquei com a alma suja, estragada, a precisar de uma redenção grande. mas a força falhava e era violência de mais para uma criança. odiava o carlos, a tia cândida, a dona ermelinda, o meu avô que se punha nela, a minha mãe que guardava segredos sobre mim, o manuel que me abandonou naquele dia, o senhor hegarty, um anjo que me mentia não ser, e o padre filipe, e o senhor luís, e o homem mais triste do mundo.

    o manuel entrou e perguntou-me se fui ver o irmão. que sim, mas estava a dormir e por isso a tua mãe falou com a minha e viemos embora. quanto tempo lá estiveste. uma hora. não viste nada, quando acordou vomitou tudo e gritou muito. e no que lhe veio do estômago estavam completas as coisas, como se não tivessem sido comidas horas antes. rezei toda a noite por ele e não sei o que fazer. parece um monstro ali a abanar a cabeça, só a cabeça. como um farol alerta ou cego. parece um farol cego à espera de ver. nunca vi tal coisa. mete medo. e o pior é que sinto que ele se perdeu lá dentro. segue delírios que o tornam revoltado e renega deus. não me admira que os maus espíritos se venham a aproveitar dele e tratar da venda da sua alma ao diabo. que outra coisa pode ser feita com uma cabeça falante, perguntava, é um homem vulnerável, não pode nada. o manuel falou-me do cão muito negro, esteve longamente a ouvir a mãe a convocá-lo. não podes imaginar, a minha mãe conseguiu falar-lhe, tinhas razão, é o cão do homem mais triste do mundo e está vivo porque não é de morrer, mas não faz mal a ninguém, traz-lhes a morte quando é a hora, nunca antes. era dele, não fazia nada, tinha a cara do diabo para levar quem não queria morrer. vinha pelos muito velhos, já lentos, quietos, preguiçosos de tudo, preguiçosos de morrer. e ele fazia o que era de ser, encarava-os boca aberta e mais nada, que tão fracos estavam apagavam-se como velas por vento que não deixa rasto. e mais nada. ia-se embora, que a recolha dos mortos competia ao seu dono. e agora do que tenho medo é que venha pelo meu irmão, ali parado, lento mais que os velhos, com um susto pode apagar-se. a minha mãe está a ficar louca.

 deitei-me convicto de que sonharia naquela noite com algo revelador, cobri-me até à cabeça, espreitei o corredor, deixei a porta aberta, olhei para o meu cristo, olhei para o vazio do cristo que se sepultara com o avô, pensei na desaparecida dona ermelinda, fiz o sinal da cruz, lembrei-me do homem mais triste do mundo e pensei, se és o homem mais triste do mundo e as nossas vidas são mais felizes do que a tua, que te aconteceu. ou enganas-me, enganas a todos. fechei os olhos e sonhei.

    esta noite sonhei com o futuro e pude imaginar todas as coisas, manuel. no futuro, daqui a muitos anos, o corpo dos homens vai mirrar porque não vai ser preciso para nada. as pessoas serão seres minúsculos a ocupar um espaço ínfimo e tudo estará preparado para que toda a actividade seja só mental. que importa pôr os pés no chão se tivermos um cérebro tão perfeito que consiga reproduzir essa sensação a cada momento. e se estivermos todos ligados uns aos outros, se todos nós comunicarmos através da comunhão de pedaços da nossa cabeça, estaremos como que sintonizados, a saber e a entender tudo o que quisermos entender dos outros para funcionarmos como um todo, como um grande ser repleto de seres, como é deus. todas as coisas de que precisarmos estarão já ao nível da nossa vontade, e se algo for mecânico existirão máquinas que se recuperam com o nosso pensamento a executarem o que quer que lhes ordenemos. poderemos ter uma existência infinita, reanimando as células do cérebro, e se quisermos estaremos a nadar na praia todo o ano, a comer coisas doces, a conversar com amigos ou a ler livros, porque a nossa cabeça estará preparada para criar essa sugestão infinitamente, reinventando eternamente todas as coisas para nos parecerem novas. eu imaginei que coleccionaria pássaros vivos e felizes porque lhes diria que os queria vivos e felizes, e quem sabe os ensinaria a falar se fossem pássaros da minha cabeça, e a cada momento, segundo a inspiração, eu inventaria até pássaros novos e mostrá-los-ia orgulhoso ao cérebro dos outros. e tu poderias ter cavalos, manuel, uma daquelas casas só para guardar cavalos como dizes que existem. casas grandes com muitos quartos só para cavalos. saberíamos cavalgar e eu seria a tua companhia para andar nos campos, tu a veres as crinas, eu a arejar os meus pássaros reunidos em bando ao redor da minha cabeça. e sabes porque sonhei isto. para descobrir que o teu irmão avançou no tempo, e a cada momento estará a saber coisas que nós nunca poderemos saber.

quatro

a dona darci disse-me assim, não éramos religiosos, mas os velhos deviam ser para morrerem enganados, pensávamos. falava-me da mulher que lhe mudara a vida, era vê-la lentamente a levar o luto pelo rebordo interior do passeio, muito junto às soleiras das portas, quase entrando aqui ou acolá, como apoiando-se no corpo das casas. era uma senhora fechada, discreta como uma vida toda por dentro ou acontecendo o mínimo possível. eu via-lhe as pernas arqueadas, um desequilíbrio que a tombava esquerda e direita de forma cansativa, contava a dona darci. uma vez quase caiu, tropeçou nela mesma e tossiu algo meio muda. terá sido um grande susto, mas sem hesitação continuou, como aflição secreta por chegar a algum lado, uma missão de consciência que a impedia de se deixar em atrasos. era a missa, dizíamos, vai chegar e sentir a cara do cristo crispada de aborrecimento. mais uma vez a perder a hora, que será feito de uma alma cuja salvação lhe advém em desmazelo. uma salvação convicta, em brio, é uma salvação a tempo, na hora exacta, a cada dia, em cada acto. e ela sabê-lo-ia como ninguém, temente e repetindo as palavras da bíblia para dormir, como um calmante. ela era perfeita, mas não o poderia saber. e nós ficávamos a imaginar como morreria salva em inocência, suplicando perdão pelos pecados que já eram nenhuns, lembrando-se de faltas que até a cabeça-elefante de deus havia esquecido. saberia em segundos que o paraíso se lhe abriria, e aceitá-lo-ia surpresa como algo a que não teria direito, abençoando a misericórdia e a generosidade do senhor. nós deixámos de a ver num verão já longínquo. o calor tornava tudo muito lento, e reparáramos que ela sofria mais ainda debaixo dos trajes pesados e escuros. o calor em moçambique pode matar os mais incautos. e ela balançava o andar penosamente, suada, as peles brancas conservadas no interior daquela carapaça com que se vestia desde sempre. muito escura naquele verão, parou uns segundos frente à nossa janela, não olhou, rodou os olhos cegos em direcção a nós, apenas para se lamentar ao sol que incidia por sobre o nosso telhado, e seguiu atrasada mais ainda, com um pecado mortal às costas, digo eu, porque não nos viu mas separou-nos. é a única razão que encontro para que o meu marido se tenha ido embora naquele dia.

a dona darci era boa pessoa, como eu juraria. fugiu de moçambique porque uma velha branca e misteriosa lhe rogou uma praga ou elaborou um enguiço, que isso de correr pela beatitude não a convencera, a mim magoava-me que não fosse crente. falava das coisas em áfrica, lá cada um acredita no que quer, não existe guia espiritual tão forte que seja respeitado por todos os países ou mesmo só dentro de um país. mas não era nada verdade que os leões nascessem das árvores e muito menos que se plantassem crianças para que a terra as fizesse crescer como vegetais. não era nada verdade, tudo o que o carlos dizia tinha a estupidez por motivo, era para chamar atenções e ser arrogante com a nossa tão grande imobilidade.

a escureza da dona darci ficava-lhe bem, era muito bonita porque os olhos muito abertos lhe iluminavam o rosto. eu admiti-lhe que uma pessoa preta parecia ter saído de um forno, como se estivesse cozinhada, mas anuí que, por vezes, acreditava que o corpo era como uma massa de pão, melhor ou pior passada, e a verdadeira refeição há-de ser a da alma, que essa é que há-de ir direitinha para a boca de deus ou do diabo. e assim se faria a distinção. a pele, dizia a dona darci, é um pedacinho de tecido que cobre a carne igualmente vermelha de todos nós.

pedi-lhe perdão por a incomodar, precisava saber dela porque o meu sentido cristão me impelia constantemente para a necessidade de a procurar. é que na vila não me ocorre ninguém a quem eu possa ser útil, e preciso ser útil para cumprir os meus votos cristãos. a dona darci está sozinha, foi de quem me lembrei. parece que joga damas num tabuleiro só com peças brancas, deve ser difícil ganhar, e eu ficaria muito contente se, ao menos, não tivesse de perder.

isso de não ser crente também não haveria de importar, pensava eu. haveria de me convencer de que deus a queria assim, por algum motivo insondável deus guardara a dona darci apagada de fé. era como o senhor seixas, dizia ela, o pintor. também veio de áfrica, andou por lá a trabalho e deixou lá a alma. tem a alma preta, é o que é. e agora não tem fé, mas conta que as coisas que viu e sentiu já dão para criar deus, se quiser. poucos viram o que pinta, é muito discreto e não gosta de vender o que faz. não precisa de dinheiro, veio muito rico com os marfins e as peles de outrora. prefere oferecer, e a dona darci tinha dois desenhos na sala, estavam um em cima do outro na parede principal, tudo muito vazio em redor porque queria que se vissem bem. eram imagens de fundo negro com figuras incríveis. cavalos com torsos de homem, como bichos a mesclarem-se uns com os outros.

é o momento em que as almas se equivalem antes de se juntarem à alma de deus. neste momento reconhecem-se umas às outras e somam-se. não importa se o cavalo é invadido pelo homem, ou se um pássaro tem por pés a cabeça do cavalo, ou vice-versa, é uma fase, uns minutos depois serão inseparáveis sem distinção, como sem distinção serão assimilados por deus para uma experiência e sabedoria maiores. foi o que me disse o senhor seixas, mas pouco importa que fosse mentira, era a imaginação que contava. na escola, a professora insistia para que o antónio e a carla desenhassem. achava que seriam pintores quando crescessem. o antónio passava o recreio a fazer caricaturas dos colegas. a carla só desenhava coisas estranhas, sem que as percebêssemos. muito bonitas, por vezes, mas não sabíamos o que eram. o senhor seixas, contava a dona darci, era o homem mais genial da vila, um artista para a eternidade, por isso era humilde como alguém que fosse religioso e tivesse visto a luz. eu pensava no senhor hegarty e dizia-lhe, e o senhor hegarty, que cantar também é um dom de ver com a boca coisas que só deus sabe.

a dona darci sorria, voltei caminho atrás e estremeci por ela. triste e preta, ela era o contrário do senhor hegarty. tanto tendesse ele para anjo, tenderia ela para diabo. ou do diabo teve notícias no momento de se gerar. seria assim, perguntava-me. seria assim ou não, haveria de lhe advir dor grande, dor grande já tinha. maior ainda. triste e preta nem o saberia, eu é que já o sentia.

durante a tarde eu e o manuel fizemos bolos de lama que atirámos às pedras e às árvores, muito raramente nos sujávamos, e nesse dia assim foi. o entusiasmo da brincadeira desenvolvera a infantilidade em nós e quando a euforia veio não parámos. parecíamos dois miúdos mal comportados. e já contávamos com o raspanete à chegada. mas nunca com uma tareia, com um arreio bruto que me marcaria as pernas para sempre. dizia o meu pai, se nesta casa não há respeito eu vou tratar disso. falava não só de mim, e quase nem de mim era, era a minha tia cândida a ter coisas com o senhor francisco, e a memória dos avós como estaria manchada, que veriam eles lá de cima. a apertar os meus braços, quase partindo-os, e a chicotear-me as pernas e o rabo, eu via a minha tia de costas voltadas para o senhor francisco, a dizer-lhe que sim, que poderia pôr dentro dela o pénis, onde quisesse e as vezes que quisesse. e por isso eu estava debaixo daquele ataque. com a mania de ser santo, a saltar rochedos abaixo para morrer, onde já se viu, e a deixar os conselhos e a bênção do padre filipe, seria o fim. que nesta casa acabaram-se as faltas de respeito, todos vamos cumprir com a decência. mas de todos quem estava debaixo de fogo era eu, porque sujo de lama não eram modos de chegar a casa.

não foi a primeira vez que o meu pai teve um acesso de fúria, eu sabia que isso poderia acontecer a qualquer momento. anos antes, muito pequeno ainda, algumas imagens fixaram-se à minha cabeça, o meu choro e a minha mãe prostrada no chão em desespero. naquele dia, perante o silêncio dela, a minha tia trancada na cozinha, a vergonha a derreter-lhe a alma, fiquei no chão eu, imóvel, como se atacado por um urso, dizia o carlos, que o pior era ser atacado por um urso, esmagam-nos cada osso. mas a dona darci disse-me que nunca viu um urso em moçambique, e em portugal então é que não havia nenhum.

os meus irmãos eram muito miúdos, o justino tinha quatro anos e o paulinho tinha quase seis. vieram erguer-me tontos de medo, já o meu pai longe dali e a minha mãe desmaiada no chão. com as dores senti que morreria, ainda tão grande era o turbilhão de golpes pelo simples toque na minha pele. por me arrastar até às escadas, um pequeno rasto de sangue ficou na madeira do soalho. um fio interrompido e estreito mas suficiente para me convencer, tinha sido como que assassinado pelo meu próprio pai, havia que escolher um lugar para morrer e descobrir, enfim, todo o mistério da vida e da morte.

fiquei muito sozinho e vulnerável. a ser abandonado pela minha própria família, rejeitado era como estava. a minha tia sem sair da cozinha, soubesse eu porquê, e a minha mãe em dores próprias sem se ocupar de mim acima de tudo. o paulinho agarrou na mão do justino e foi sentar-se na cama como lhe pedi. fiquem os dois no quarto, a tia cândida já lá vai falar-lhes. chocados, não hesitaram, eram dois meninos aterrorizados. sofri por eles, pela obediência e maior vulnerabilidade que era a deles. vi-os gatinhos aninhados no quarto assim que pus o corpo de pé, depois saí da casa lentamente, cuidadosamente, para cima, para o lado contrário da vila, caminho fora até ao arvoredo, até a escuridão sorver meu corpo e eu tombar nas ervas para o fim, enganado.

era um cão de cabeça em chamas, uma fera preta como um puma, zangado com os homens, vindo de um secreto esconderijo na encosta, a cumprir as forças do diabo, diziam. eu achava que um cão preto seria belo de se ver entre a brancura das casas e quantas vezes o imaginei. eu queria que o diabo não existisse, queria que fosse uma palavra para assustar as pessoas, como uma armadilha para crianças ou aviso, mas o cão existia ou fora inventado de propósito. era uma palavra negra, obesa, que caiu das bocas das pessoas, tão madura que ganhou corpo. veio ali para me dizer que, cuidadosamente, também eu podia tê-la utilizado, quem sabe, tê-la dito a alguém. veio ali ao pé, os olhos reluzindo no escuro, farejar-me e mostrar o quanto lhe seria fácil engolir as minhas pernas, os meus braços, a minha cabeça. e eu acreditei que era a morte, a própria morte que as pessoas inventaram como um cão escondido na encosta, e julguei que me sopraria naquele momento qual vela eu fosse, ou à dentada, despedaçado para o inferno. enganado por ser religioso, como os velhos da dona darci, eu, uma criança tonta e ingénua, a procurar deus numa terra onde mandava o diabo. a pedir pelos meus predadores, a acudir ao inimigo. mas disse, eu quero que seja deus a vir buscar-me. quero que seja deus porque só ele manda em mim. a minha alma pertence-lhe, fecha a boca, a minha alma não é a tua refeição, obedece-me e deixa-me morrer sem susto. ordeno-te que sejas ilusão da minha cabeça, um ser do meu medo, e que te transformes num elemento divino.

 do cão fez-se o dia, o sol saltou-lhe do peito para o céu como coração em chamas de paixão, e os pássaros vieram como na primavera e começaram a cantar alto, voando em todos os sentidos sobre mim. nos meus dedos as ervas deixaram orvalho e não sangue, e as minhas pernas estavam secas e cicatrizadas. a luz irradiou da minha pele, erguendo-me o corpo no ar, trazendo flores verdadeiras onde pousar o voo e levando-me encosta abaixo. já as pessoas em gritos às portas, que nunca se vira um sol nascer no início da noite, e quem lá vinha alado como um anjo, perfumes espalhados no ar, um sorriso. do cão fez-se o dia, fez-se o povo à rua, que deus falava, a sua mensagem chamava, e o que era vinha a todos. que nessa noite a terra abrira um pedaço de céu, por onde deus pôde vir a ver como estávamos. de perto, muito perto, no meio de nós, no nosso reino.

 no nosso reino a hora saltou. quem haveria de trabalhar à noite não trabalhou e quem queria dormir deveria permanecer acordado. e a leiteira levou as mãos à cabeça, se era hora da escola e o leite não estava distribuído, se as crianças não se alimentam, este sol traz a fome, é obra do cornudo. o polícia deixou de saber se a noite que não veio foi roubada. as corujas voltaram a fechar os olhos assustadas. os cães uivaram a falar uns com os outros. os barcos já não entraram nas docas. o carlos não passou noite inteira a soluçar, haveria de o fazer no dia, que as coisas desta vila eram o anúncio do fim do mundo, dizia. é aqui que tudo vai acabar, é a hora. trancado no meu quarto eu buscava um silêncio impossível, se o barulho vinha de dentro do meu peito, meu coração a galope na surpresa, no choque alucinante do milagre. só queria ver o manuel, dizer-lhe.

em redor da casa muita gente se reunia a ver o menino. queriam ver o menino, e quantos milagres já teria eu feito para muitos, assim como entre dentes outros desdenhavam do sucedido, que o puto é estranho, a louca suicida é que o deve ter bem dominado. trancado no meu quarto escusei o meu pai e a minha mãe de me falarem, quis ficar sozinho, e a única coisa que fizeram foi sair em solidão, a lutar contra toda a vila mandando-os para as suas casas. foi o dia em que não houve noite, ninguém esqueceu. o dia em que os patrões se ajoelharam e os animais deram mais ovos, leite, estrume, e até ser noite de novo todos cambalearam de sono. que santidade impossível aquela, a de voar entre flores e pássaros até à praça. as pernas marcadas de nódoas grandes, violência do meu pai, e depois já nada mais senão o corpo flutuando, como fosse coisa nenhuma, mais leve do que uma pena, um nico de luz que vinha chamar a manhã e a manhã, deus louvado, veio.

mas a partir daquele dia as pessoas não mudaram. e com esse tempo fui percebendo a reincidência dos pecados e toda a fragilidade humana. na verdade, nada em mim mudara, além das cicatrizes nas pernas, uma certa dificuldade em andar, algum cansaço que não seria natural num miúdo tão novo, uma qualquer paz e felicidade por ter sido escolhido para o milagre. porque a ingenuidade mantinha-se e, ao contrário do que era esperado por todos, o desconhecimento dos mistérios divinos persistia. que posso apenas garantir que existe deus, como se lá chega está na doutrina, não sei de nada, não me disse nada aquele cão, nem a noite que foi, nem o dia que veio. não ouvi vozes, sabes, manuel, senti cócegas no corpo todo, não sei se seria de estar dorido, mas acho que era para que sorrisse quando descia elevado nas flores. mas não faz sentido nenhum, porque nem eram cócegas de rir, era um formigueiro que me garantia que levava comigo o corpo, o corpo todo. como explicar-te. e isso dava-me vontade de sorrir, de estar feliz.

falei com o meu pai, quis que nunca mais praticasse o mal, foi como falei, nunca mais, porque há deus em cima da sua cabeça a ver e a sofrer com o que faz. pai, somos todos muito crianças para deus porque ele tem uma idade maior que todas as idades juntas, e não temos de nos envergonhar, temos de mudar, de ser o que devemos. falei com o meu pai e foi pior. a partir do dia em que a noite não veio ele passou a beber. ficava fora de casa muito tempo, voltava quando já só caía na cama sem dizer nem fazer nada. a tristeza na nossa casa passou a ser tremenda, mas a minha mãe limitou-se a seguir com a sua rotina doméstica como se agora fôssemos assim.

e o meu pai entristecia, eu sabia que aquilo era o meu pai a entristecer e a abandonar-me.

na praça juntaram-se os homens para decidir de mim. juntaram-se, consternados com os riscos que poderiam correr os afazeres da vila perante tão inusitada criança. se havia de ser expulso para viver longe, se era tocado pelo céu, que estaria em mim a fazer-me voar com flores e pássaros. o padre filipe estava como cão sarnento a envenenar os espíritos da população. que deus não é assim, manifesta-se pela bondade e pelos corações das pessoas. não faz ninguém voar como animal alado.

    naquele tempo as fomes das pessoas eram grandes e tudo o que se trabalhava dava pouco dinheiro. a minha casa, que era a dos meus avós e dos meus pais, era uma das poucas casas com fartura. era uma casa de gente fina, como eu acreditava, fina era a minha avó, que nós sem ela só íamos empobrecendo cada vez mais. e só por memória da minha avó a tia cândida ainda não tinha caído nas bocas do povo, que as pessoas finas não se manchavam assim, havia que ter cuidado. e com fomes tão grandes não se ignoravam as ameaças, equacionavam-se os perigos para os abater não fossem fazer ruir as famílias, uma vila tão pacata de deus.

    assim os homens exigiram ao meu pai que eu estivesse na igreja no fim daquela tarde. que na igreja havia de derreter na água benta, estrebuchar no chão em gemidos, apelar ao diabo por ajuda. ou haveria de conversar com eles e fazê-los parte da minha luz. e o meu pai, dor de cabeça ou ressaca, levou-me à igreja pela mão, as pessoas a tocarem-me os cabelos, menino de deus, anjo meu, tirai-me isto do peito, salvai meu homem que está no fundo do mar, olhai para mim, menino querido, ensinai-me a rezar. e sentou-me no altar, que cu de anjo não ofende a mesa do senhor, disse um velho chorando, é um anjo de deus, é um anjo de deus. não estrebuchei, não gemi, estremeci de medo e esperei longo tempo por que se calassem e conseguissem uma ordem. e eu disse, tenho medo de aqui estar, porque querem saber coisas que eu ainda não aprendi. porque hás-de voar entre nós como uma alma visível. não sei, pedi a deus que me levasse na morte que esperei, e ele curou-me e colocou-me no meio de todos vós. e és santo. não sei, que santos da igreja fazem milagres e eu não fiz nada. o padre filipe espumou de raiva, tropeçou para mim e talvez me matasse diante de todos tão louco estaria. mas o senhor hegarty não se deixou ficar, atravessou corpo tão grande no caminho, fez o sinal da cruz e sorriu. os homens perguntaram, que fazemos. respondeu, ide para casa, é uma criança, não tem peso, pairou no ar pelo vento que lhe deu. e, se a noite foi roubada, outras virão, não faz falta. o meu pai tomou-me nos braços e pediu que nos deixassem sair, que a cabeça da criança sofre com estas coisas, que fardo tão grande há-de ser para uma criança trazer uma manifestação divina. para trás de nós ficaram perplexos e mal convencidos. o senhor hegarty a imperar sobre eles como céu dentro da escuridão. amainaram. senti-lhes os corpos pousarem a alma no coração e acalmarem. talvez nem tão mal convencidos, só o padre filipe de nervos mexido, como minhoca a rabiar debaixo do pé do senhor hegarty. e alguém disse, falando sobre o meu pai, está bêbado, não sabe o que diz, está bêbado e leva o santo pela mão.

voltei à escola com muita vontade. precisava da minha rotina para sentir que a santidade que buscava era possível. ser santo não podia ser transformarem-me num boneco mágico que as pessoas secassem com os olhos, a fazerem pedidos constantes de coisas impossíveis, a porem-me a mão mil vezes como se gastaria a minha pele e o meu cabelo, como ficaria daquela cor amarela e suja como ficavam as imagens nos pontos onde todos lhes tocavam para a bênção. mas os primeiros dias na escola após o sucedido foram assim, eu posto na secretária da sala e as pessoas incessantemente a entrarem. a professora blandina não chegava para nada, que elas colavam-se aos vidros das janelas e diziam coisas, choravam, suplicavam, pareciam morrer de dor. o manuel dizia que pareciam mortos-vivos a saírem do cemitério, tão desgraçados surgiam naquela histeria assustadora. e eu encolhia as pernas e chorava apavorado, por nunca ter percebido que o sofrimento das pessoas era tão grande, e pensei na dona darci, tão calmamente sozinha, e vi aquelas mulheres estropiadas de membros e coração, a pedirem por si e pelos filhos, maridos presos em camas, cabeças apagadas de loucura, fome. e eu a recolher as pernas e a chorar, que a professora blandina não chegava para nada. ficava ali exposto, os meninos no canto a tremerem de medo, o manuel arrependido de toda a santidade ansiada e eu a dizer-lhe, vai passar, vai passar, mas foram três dias em especial, eu a enfrentar os desconhecidos, a professora blandina a preparar-se, e depois sossegaram, tão pequeno eu, tão quieto e amedrontado, que poderia fazer, quem poderia eu salvar. com o tempo foram diminuindo, para ficar, para sempre, aquela mão na cabeça como um pedido de bênção, como um toque feito na cruz de cristo do compasso na páscoa, um beijo.

também nesses dias começaram as velas acesas ao portão da casa. vi como foi na primeira noite, aquele vulto escondido dos olhares e da chuva, a chegar-se sorrateiro à nossa casa, tirando das vestes escuras uma vela. vi como a acendeu e a colocou dentro de um recipiente de barro muito encarnado a protegê-la da água. vi como a deixou em sinais da cruz encostada num canto, resguardada, a ver se ali ficava muito tempo a pedir por algo ou alguém. e eu fechei-me na cama de susto, para acordar na manhã seguinte e descobrir a minha mãe a retirar do portão um sem-número de objectos que ali haviam deixado. disse-me, vamos levar tudo a enterrar, que os trastes deitam-se fora, põem-se na terra a ver se apodrecem, há bichos para comer de tudo. hão-de comer isto também. benzi-me e rezei um pai-nosso.

fui posto em casa mais tempo. às tardes saí menos durante meses. o inverno a apertar e as chuvas constantes a criarem gripes e pneumonias. ouvia-se falar de gente que acabava. muita gente acabava no inverno, que era quase todo o ano, mas ali por janeiro é que piorava. eram também lá das outras bandas, como do lugar da germana, só no cemitério sabíamos disso. em janeiro o senhor francisco esteve lá em casa uma tarde de domingo. a minha mãe a bordar ou a costurar, e o meu pai fora. o senhor francisco e a tia cândida não faziam passeios de domingo com a chuva, ficavam na marquise da cozinha a ver as traseiras da casa, o pequeno quintal onde as couves, os pepinos, o tomateiro, todos do avô, já haviam morrido. ficavam as galinhas a zanzar sem se importarem com a chuva, nem se deixavam na parte coberta do galinheiro. e que foram aqueles sinos de hoje. sabia deles o senhor francisco, ouvi eu, que entre ser sapateiro trabalhara na casa do morto doze anos. eu é que o lavei mil vezes. pu-lo a arrotar, senti-o vomitar-me nos pés, encostei-lhe a porta da casa de banho e cheirei-lhe os odores fétidos, dei-lhe de comer pelo queixo abaixo, ouvi-o ressonar, sentei-o ao sol, disse-lhe bom dia, boa noite, está frio, tem de tomar para continuar a melhorar, sejamos fortes, fui à merda, ofereci-lhe livros no natal e sorri. estive doze anos ao serviço dele, um escravo. assisti a toda a sua ruína. os negócios frustrados pelas investidas inoportunas. os dinheiros desperdiçados com advogados de advogados. e as raparigas que ele comprava para as noites, depois daquele arranjo ao corpo que foi o internamento. o senhor francisco falava estranhamente. a cara enrodilhada como de tomar um xarope amargo ou de se encandear muito. dizia essas coisas da vida de um homem mau. ainda a casa de banho janelas abertas a arejar, as toalhas húmidas e pêlos no cesto da lavandaria, e elas rápidas, ao alcance um dinheiro fácil ganho pelo cu acima, era o que era. havia um canto do quarto que ficava sempre sujo, a velhice não lhe tirava a capacidade de projecção. era sempre a mesma coisa, ejaculava deitado sobre o lado esquerdo, a perna de baixo esticada como se pneumaticamente insuflada, a perna de cima flectida em nervos, e a rapariga, com as dela envolvendo a cara ao animal, mal segura na estrutura metálica da cabeceira da cama, a fitar-me de soslaio, fazendo figas para que aquilo significasse o orgasmo ou a morte. e ele molhava os lençóis, que eu depois levaria com as pontas dos dedos em protesto de repugnância. acertava também na parede, mesmo junto à mesinha-de-cabeceira. muito raramente ainda acertava no móvel, mas havia uma precisão quase milimétrica. era ali, naquele bocado de papel de parede, amarelecido aos círculos, onde eu passava uma esponja ao de leve, com a cara para o lado, o braço esticado quase renegado do corpo. ele, eu acho, nunca reparou. e os sinos a dobrar que não se calam.

dobraram dia inteiro, a atormentarem o descanso de domingo, que um homem rico tem anúncio de funeral garantido. durante dois dias assim esteve aquele sino, constante, de meia em meia hora, hora a hora a martelar uma dor comprada. e eu lamentei o morto, esgueirei-me até à sacristia, beijei a mão do perplexo senhor hegarty, e rezei um terço. assim como pus o senhor francisco na minha lista de almas em perigo, que falar à minha tia daquelas coisas não era correcto, desonrada e velha como estava merecia uma discrição maior.

o isolamento era enorme, vivia numa casa onde ninguém me conhecia. o afastamento a que cada um se votava era nítido e magoava-me. os meus irmãos estavam pouco tempo por perto, não fossem ficar confusos e estragar as cabeças. a cabeça, dizia eu ao paulinho preocupado, é muito frágil e, embora não dê para abrir e ver, ela tem coisas dentro, que são coisas que se dizem ou que se vêem, e nós devemos ter cuidado com o que nunca mais possamos tirar de lá. a enlouquecer estava a dona tina. os meses passavam e o carlos não tinha progressos. tão pelo contrário mas também tão infeliz estava a nossa casa a que ela vinha por pouco tempo, não espairecia nem reanimava, vinha em fuga ao que deixava e ia em fuga ao que vinha, sem parar. convocava espíritos que não contactavam nunca, não convocava espíritos alguns, era porque a atmosfera estava muito desgastada, a casa estava sem energia, e queixava-se à minha mãe. comadre, faça alguma coisa à sua casa, que o ar aqui esgota-se como dentro de uma caixa. não vejo o compadre, e a cândida que faz, perguntava. olhe, comadre, não peça a deus uma desgraça como a minha, que ao meu filho só lhe resta a cabeça, ao seu deram-lhe asas. tina, já viu por onde anda o meu marido, que não se tem em pé, da cor do vinho está. e que lhe faz você, e que lhe quer você nesta escuridão, com os filhos trancados em quartos, nesses bordados infindáveis que lhe vão roubar a vista. acenda-lhe as luzes. raios partam esta chuva e esta condenação, somos as últimas criaturas, estamos para aqui metidos nesta lama, que vontade acha que isso me dá. comadre, enterre o seu filho até à cabeça e veja como é. ai, tina, a tristeza só me dá vontade de abrir a garganta com uma faca e depositar corpo e sangue na terra. sabe, à noite tenho sonhos acordada, imagino os bichos a procurarem modos de entrar por minha pele adentro. e entram, escavam-me os olhos e chegam-me ao cérebro. era o que mais queria, que desaparecesse este zumbido que tenho dentro da cabeça. um som intermitente que me separa de tudo o que ouço. e depois que corressem todo o interior do meu corpo devorando-o, e a pele, e os ossos, e até a alma, que tão cansada estou não me apetece existir, ser condenada ou salva, não queria ter nada, queria ser nada. pois a mim, comadre, abre-se a boca aos gritos durante dia e noite, e não se admire se me vir corrida para o quintal a enfiar a boca nos aventais e na terra para emudecer o que digo. porque noite e dia no encalço do meu filho não é tempo ao pé do corpo, é segurar no seu pensamento, é fazer com que me fale e me seja perceptível, é encontrar um código inteligível na loucura, sabe o que isso é. sabe como fico na rua às três da manhã sujeita aos ares da noite, porque não aguento a sua presença em casa, aquele soluçar constante que se avoluma nos meus ouvidos e parece entoar forte e mais forte e mais forte. fico no meio da roupa, com os braços a cobrirem-me a face com lágrimas e vómitos à mistura. e a chuva que não pára, a passar-me pelos panos e a esfriar-me o corpo. já não abro as pernas, já não tenho seios, tão escorrida estou, tão queimada, a pele a estalar de velha. comadre tina, não a posso ajudar, bem sabe. amargura-me o coração o que vejo aqui, e como não faz nada. e amargura-me porque desistiu, e porque me disse que o meu carlos havia de ficar bom, e mo prometeu, e eu acreditei por momentos que cumpriria mas quem poderia prometer uma coisa dessas. só talvez quem tivesse em casa um milagre ou um milagreiro e o quisesse usar para ajudar os outros, não é assim, comadre. que quem tivesse um milagre ou um milagreiro devia usá-lo. e quem tem uma coisa dessas, comadre tina, pergunto-lho eu, mais facilmente vejo quem ressuscita como uma solução divina. ai, amiga, voar entre flores e pássaros quando se é criança não pode ter outro poder que não o de deus. ressuscitar pode ser coisa da cabeça, que os médicos inventam coisas para explicar isso, mas voar só voa quem é pássaro, e aos pássaros não temos nós este afecto, este amor. não a posso ajudar, o miúdo não sabe de nada e não é milagreiro nenhum, passa os dias por aí a fazer coisas de miúdo, estuda e vê passar o tempo que é o que há aqui, que mais haveria. e já experimentou, comadre, já lhe pediu alguma coisa, diga-me, já experimentou. não há nada para experimentar, que as crianças não são coisas de experiências, como são, são como são, não se pode inventar nada nem obrigar, tem de se dar tempo, que cresçam, que aprendam. furte-se às saídas ao quintal à noite, comadre tina, não se desespere, o seu carlos está a ter o tempo dele, nesta terra húmida todos estamos, deixe-o sossegar e partir para dentro da cabeça e ficar onde quiser. ai, comadre, mas deixe-me pedir-lhe que ao menos vá lá vê-lo. deixe-o vê-lo. que conversem um bocadinho os dois, a dizerem o que quiserem um ao outro, a ver se a cabeça do meu rapaz se abre de novo à vida. peça-lhe a ele, a mim não me diz nada que ele fale com as pessoas, vai à escola, tem amigos, fala todos os dias, falar sabe. posso levá--lo, comadre, trago-lho não tarda nada. leve-o e, se lhe salvar o filho ou lhe servir de grande coisa nunca vista, fique com ele.

 a caminho da casa da mercearia só a rejeição da minha mãe me estava na cabeça. essa oferta simples, sem hesitação, fique com ele, dizia, como uma chave de fenda que nos deu um jeito, um casaco usado que nos serviu, os livros da escola que íamos buscar a quem os tivesse dos anos anteriores. a caminho da casa da mercearia eu ia oferecido, como pela mão de alguém que me adoptasse, de alguém que iria averiguar se, capaz eu de um feitiço, me adoptaria. ou gado, para análise aos dentes, a ver se dá para a carroça, se aguenta a palha no lombo. na casa da mercearia, havia muitos anos, eu vira um rouxinol, o único que vi, que eram tão raros. e tive uma inveja tão grande por não ter sido lá em cima, caminho acima, na casa onde eu vivia, na minha casa.

a chuva sem piedade descarnava o nosso caminho de terra. as poças eram fundas e os veios de água escorrendo por ali abaixo faziam sulcos enormes para caudais impressionantes. a dona tina barafustava pelos sapatos enterrados na lama, mas levava uma energia súbita pela nesga de esperança que se levantava. dizia, vamos, menino, vamos ver, tu gostas dele, não gostas. eu, constrangido, fazia que sim com a cabeça mas ela não estaria a olhar, ocupada com os pés no chão instável e com o anseio do que estava para vir. eu era ali um boneco, seria como um presente de natal para um menino, poderia brincar comigo, sentar-me, dar-me de comer, dizer-me coisas, pôr-me a falar e arrancar-me a alma.

e eram as lamas a descer que me faziam lembrar de como o temporal estaria a virar os barcos, os pescadores entornados à bruta, quantos seriam daquela vez, como estaria o homem mais triste do mundo iluminando o mar com os olhos ou com o cu, arfando para os recolher e quantas horas teria a noite. que ainda a tarde ia a meio e estava já escuro, a vila toda metida para dentro, a fechar-se para não deixar entrar nada, que de fora só podia vir bicho selvagem ou alma penada. e entrámos, uma lufada de ar quente vinha do fogão a lenha e eu senti a diferença, em minha casa não se acendia esse fogão há muitos meses, era o meu avô quem cortava a lenha e a punha na cave a secar, que secá-la era o mais difícil se tudo se enchia de humidade. entrámos e, no galinheiro, muito barulho, as galinhas puseram ovos. muitos ovos. o manuel a correr foi vê-las e gritou, saem-lhes ovos pelas pernas abaixo. estão de pé, de um lado para o outro, e põem ovos a cada passo. venham ver.

    a dona tina agarrou-se a mim, a gritar que a fartura voltara àquela casa, e espremendo-me mais contra o peito arrastou-me ao quarto do carlos e atirou-me lá para dentro como um naco de carne aos leões. fiquei num segundo sozinho fitando aquela cabeça a mexer-se lentamente. o manuel sufocando um grito pela forma como a mãe lhe impedia o caminho. uma espécie de murro no estômago, violento, para num gesto o colocar a metros do quarto, que ali a conversa era para nós os dois, só para os ouvidos de deus. e eu perguntei, lembras-te de mim, e sorri sem jeito, apavorado. o santo, és o santo, e já sei que voas e fazes milagres, se me puseste neste estado, eu sei que fazes milagres. um milagre não é prejuízo, não é divino magoar alguém, não digas isso. vens ver o quê, como estou para aqui a fazer de louco, a tentar morrer sem me conseguir mexer. pergunto-te, como se pode suicidar um homem que só mexe a cabeça. não pode. a minha mãe mandou por ti. sim, foi buscar-me, acredita que te posso curar. e achas que podes. não. porque vieste. porque tive de vir e também queria falar contigo, acho. que queres dizer. que não devias dizer aquelas coisas da minha tia cândida, e que o pecado compete a todos, assim como o trabalho para a sua redenção. não percebes, é constante, estaremos sempre assim, a pecar e a pedir perdão, porque tudo em nós é imperfeito e incompleto. sei que a tua tia agora se vai casar, está de núpcias, feliz. não está feliz, lá em casa não há felicidade desde a morte dos meus avós, mas damos graças pelo sucesso de cada dia. eu sei que a tua tia está feliz, ainda que tu penses que não, diz-mo a minha mãe que lhe fala por vezes. tu queres-lhe mal. não, lembro-me dela, é só isso. como me lembro da tua mãe que deixou de me visitar. é que não visita ninguém, está muito abalada com a ausência do meu pai e toda aquela solidão. estamos todos, com a solidão, estamos todos. porque mentiste sobre áfrica. em angola as coisas não são assim, já sei, são mais atrasadas, mas não do avesso como contaste. em angola fica-se com a cabeça muito magoada. estas noites, noites longas, os bichos enchem a minha cama, não imaginas como é. não me movo, mas sinto tudo, sinto-os subirem pelas pernas e os braços, e são leões e cobras, e lançam tiros de metralhadora pelos olhos e sangram da boca como amputados. quando se vai à guerra, nunca de lá se sai. a minha mãe acha que se eu quiser posso levantar-me e andar. acha que está tudo na minha vontade, como se eu estivesse confuso, porque não tenho os ossos partidos, nem os músculos rasgados, estou bem. e porque não te levantas. porque tenho medo de ser novamente empurrado. posso mexer este dedo, vê bem, vês como mexe. é só o que faço. mas ninguém sabe, juras que fica um segredo. jura. juro.

    a dona tina entrou de desespero e ansiedade. que dizem, perguntou. dizemos muitas coisas, mãe. meu filho, conta-me. falávamos de como se é feliz quando se aceita o destino. estás mais calmo. estou muito calmo agora, mãe, o santo curou a minha cabeça. que dizes. é verdade, curaste a minha cabeça. meu precioso menino, tão grande será o teu reino no céu se na terra salvas os martirizados. assim foi, trouxe-me à realidade e espantou a escuridão do meu espírito. e estás curado, podes andar, diz-me. não, mãe, que isso não seria cura, seria ilusão. a cura de um santo é a da alma, o corpo é terra com sangue e fluxo, e o pó anseia por ele como ele pelo pó. a cura de um santo é a da alma, para que se deite ao paraíso em eterna comunhão. meu filho, que queres dizer com isso. pergunte ao santo, minha mãe. não fui eu, não fui eu, eu não fiz nada. acalmaste o meu filho e limpaste a sua alma, porque não lhe limpas o corpo.

    naquela noite, pela primeira vez desde que o seu suplício começara, o carlos dormiu profundamente até ao amanhecer. a dona tina, sossegada dos ouvidos sem o soluço constante como apelo, deixou-se acordada em atenção, que naquele tempo um anjo de verdade velava pelo seu filho, tão incrivelmente o sono lhe viera e a alma lhe descansara. de manhã, entre as neblinas muito cedo, enterrou os sapatos na lama para subir à casa dos meus pais. chegou pelas traseiras e deixou-se na cozinha em surdinas com a minha tia cândida. pude perceber que riam, e que a minha mãe demorava a sair do quarto. só saiu quando a comadre se foi embora e a tia cândida pôs o leite na mesa. disse-me, estás pronto para a escola. e a minha tia disse, a dona tina contou que ele lhe salvou o filho. em cima da mesa estavam três dúzias de ovos.

cinco

vi como o carlos morreu, vi como foi, os animais reunidos ao seu pé, a escavarem covas uns, de chegarem, não de partirem, e outros a pairarem no ar. pareciam animais de revolver tudo, a destruírem e a reordenarem. o barulho era ensurdecedor e os cheiros intensos de perder a cabeça. vozes e rugidos, gente e bichos misturados a criarem bestas tremendas, patas, garras, cascos ou pés e mãos, marcavam-se na sua pele, passavam por cima dela a caminho, no caminho em que ele ia. constantemente estava como as pinturas do senhor seixas, pensava eu, bichos a quererem partilhar o seu corpo, apoderados de uma loucura violenta, uma euforia pela morte a tentar colocar almas com almas, prontas para a boca de deus.

quando ele piorou, assim que o corpo desistiu de lhe convencer a cabeça, a dona tina pôs os pés em marcha, se eu lhe havia salvo a alma e o corpo persistia para a morte, havia que desencantá-lo, que um olhado lhe tinham, mau-olhado era. ao fim da tarde, muita chuva desabando a esconder as pessoas em casa, a dona tina chegou com outras seis mulheres, que seriam sete mulheres de saia rodada, pretas da cabeça aos pés, munidas de tudo o que precisavam, secas por baixo dos panos, em oleados e linhos guardadas em cuidados. eram sete mulheres no quarto, revolvendo tudo como bichos de reordenarem tudo, a marcarem o corpo do carlos com tintas, sangue de ovelha, cabra, cabelos de criança, que as coisas frescas e puras haviam de tocar seu corpo para lhe devolverem o prazer da juventude. os incensos e fumos de queimaduras enevoavam o tecto, o carlos via-o mal, invadido pelas curandeiras, confuso em agonia que as dores chegaram e estava convencido da partida. a dona tina gritava louca e as outras gritavam loucas, e quanta mais loucura tinham mais marcavam e apelavam, e o corpo do carlos abanava de o empurrarem brutalmente. entre os actos rezavam, coisas da igreja e coisas que a igreja não sabia. coisas secretas que curariam almas até à revelia de deus. e o carlos gemendo, dizendo coisa sem coisa, imaginando os leões e as cobras subindo pernas e braços acima, sangrando como fontes de morte, gritando angola e guerra.

na benzedura a fazer havia que saciar o corpo de terra, se esta ansiava por aquele. era o corpo que a ela se deitava antes do tempo, como fome de ser pó, ou a terra que o chamava incessantemente como ávida pela amarga carne. a dona tina já sabia, era preciso levar à terra a carne do carlos, não simplesmente um bocado de cabelo, unhas ou fluidos e sólidos excrementais, era a carne que se punha, aberta a vala no quintal, um peixe estrebuchando vivo no interior, ervas várias, adubo, e flores agrestes do inverno a ver se a robustez reaparece, e o dedo, um dedo arrancado com o machado, como se à boca do leão, distraído ele nas trincheiras da guerra, um grito maior, como se perdera ele, lembras-te, pensava eu, dizias que do mato vinham bichos e engoliam pernas e braços, e de repente a guerra acabava. e atiraram o dedo para a vala que ficou ali a sangrar à boca do peixe sufocado. o carlos perdendo a lucidez no quarto, as sete mulheres de roda ao buraco, sentindo coisas e gemendo, vendo. que deus e os anjos se apresentavam ali a revelar as forças da natureza, se a natureza mandava na terra e a boca da terra estava aberta, que comesse e se satisfizesse até melhor dia. e prometeram-se coisas e juraram-se, e as mulheres passaram as mãos debaixo das saias da mãe, puseram-lhe as mãos pernas acima até sentirem a humidade do sexo e tiveram espasmos e medos e insistiram. o fruto daquele ventre haveria de germinar novamente, se estava podre deixaria de o estar, que uma mãe zelosa há-de sê-lo duas vezes, como infinitas se for preciso, com a ajuda do enguiço. e a dona tina abriu a boca e disse uma benzedura contra o mau--olhado, pelo sinal da santa cruz livre-nos deus nosso senhor dos nossos inimigos. jesus que é o santo nome de jesus onde está o santo nome de jesus não entra mal nenhum. jesus é verbo, verbo é deus. carlos se tens olhado tire-to deus. e, colocando três gotas de azeite na vala, continuava, carlos, dois olhos te olharam mal, três te hão-de olhar bem, que é deus pai, e é deus filho e deus espírito santo amém. benze-te o pai, benze-te o filho e benze-te a mãe do verbo divino, jesus é deus, deus é cristo, aqui fica o nome do nosso senhor jesus cristo. creio em deus pai, todo-poderoso, criador do céu e da terra, e em jesus cristo, seu único filho, nosso senhor o qual foi concebido pelo poder do espírito santo. nasceu da virgem maria, padeceu sob pôncio pilatos, foi crucificado, morto e sepultado. desceu aos infernos. ao terceiro dia ressuscitou dos mortos, subiu ao céu, onde está sentado à direita de deus pai, de onde há-de vir a julgar os vivos e os mortos e o seu reino não terá fim. creio no espírito santo, na santa igreja católica, na comunicação dos santos, na remissão dos pecados, na ressurreição da carne, na vida eterna. amém. este filho que deus me deu, deus mo deu deus mo empreste, de um lado está a salvação do outro lado está são silvestre. jesus é deus e deus é cristo. santo antónio os guarde, santo antónio os guarde, santo antónio os guarde. são josé os acompanhe como acompanhou a virgem maria. tudo quanto sejam maus--olhados, tentações do demónio ou mal de inveja ou pragas que lhe tenham pedido, tudo desapareça para o outro lado das ondas do mar, onde não se ouça galo nem galinha cantar nem maria seu filho bradar. tudo quanto seja ruim no fundo do mar vá ficar e nunca mais torne a voltar. e satanás desapareças para o outro lado das ondas do mar e que não mais tornes a voltar. pai nosso que estais no céu, santificado seja o vosso nome. ave maria cheia de graça. ofereço a deus o que aqui deixo, peço-lhe, deixai meu filho viver. com dois te miro, com três te ato, sangue te bebo, coração que te aparto, peço que venhas humilde a meu favor, assim como são joão baptizou jesus cristo, e jesus cristo baptizou são joão, é de século e é de níquel, salvador meu. e tombou para o lado, as outras seis mulheres recuperando-lhe o corpo para o colocar na sala, exausto, atingido pelos gastos divinos, que salvar um filho é cansaço grande.

    e o carlos morreu, sem o dedo que mexia, sem elas o saberem, e sem tempo para nada. e eu vi tudo, olhos abertos ao vazio escuro do meu quarto, senti a energia que me enviava e como se finava como para dentro de mim, a ocupar espaço dentro, despedindo-se, deixando-se da vida triste, confuso, a precisar de mim. e a dona tina recuperou os sentidos e gritou longo tempo pela casa toda. as seis mulheres saindo para a chuva, amaldiçoadas pelo jogo do fogo, abrindo portas para os espíritos sem saberem usá-las, e a saírem para a chuva molhando almas expostas, descarnadas, em perigo, que convocar as forças naturais trazia energias suspensas no ar e tropeçarem no caminho e estatelarem-se nas lamas podia ser uma perseguição, uma vingança, e por isso tropeçavam mais e caíam mais apavoradas e apressadas, passando pelas portas da igreja a fazerem o sinal da cruz, como a limparem-se do poder que tinham, do azar que permitiram. mas nada as salvaria, mal sabia eu ainda. e a dona tina sozinha deixou-se aninhar aos pés da cama do carlos, arrependida de tudo e de nada, como à espera que ele voltasse, abrisse os olhos e dissesse aquelas coisas sem coisas de sempre, a sofrer, mas vivo, consigo, para que a esperança continuasse. e ela lembrou-se de como morrera sem morrer. apagada a cabeça por momentos, voltando como uma manhã de sol depois do temporal tirando-a da cama e fazendo-a viver como se nova outra vez. e olhou bem os olhos parados do filho e entendeu, não estavam a ver nada, já haviam escurecido por dentro, seguramente, não viriam como uma manhã de sol, não tinham luz, estava morto, numa morte como só a de cristo teve volta. deixou-se para trás posta, o sofrimento infinito, a aceitar que já não estava com ele.

e o homem mais triste do mundo veio, passou pela frente dela sem que ela o visse, tomou-o nos braços e deixou-lhe ficar uma carcaça falsa em cima da cama, levou-o. a alma dele apaziguada, por fim, olhos dentro do homem mais triste do mundo, a prometer que me diria algo, agradecendo-me o milagre. tapei a cara com as mãos e disse que não queria ver a morte de alguém, nunca mais. atrás do homem mais triste do mundo veio o cão, preto e feroz, preparando-se para abater a dona tina, se estava adiada de morrer desde há meses, porque não haveria de morrer agora, tão pronta a morte à sua espera. e a dona tina sentiu uma aragem entrar pelas portas deixadas abertas, e esqueceu-se de tudo, tombou a cabeça e desimportou-se da vida. não viu o cão passar-lhe frente ao corpo, não viu como se encarnou e lhe expôs a face do diabo para que se apagasse. ordenei-lhe que a deixasse, um filho precisa de um funeral atento. que a deixasse mais algum tempo. e ele desiluminou o rosto em fogo e saiu fumo fora dali pelas brechas das janelas e das portas.

fomos velar o carlos durante o dia, sentámo-nos em cadeiras que rangiam trazidas do sótão, que as pessoas eram muitas, queriam ver o que ali estava. da casa parecia continuar a sair fumo, como se estivesse algo a ser cozinhado, cozinhado sem parar, eu sempre via a morte como preparo de refeição para a boca de deus, insistia. a energia era ainda muita, caótica pelo espaço, e por isso as pessoas se abeiravam como que atraídas por sinais discretos quase imperceptíveis. sentiam-no e por vezes tinham espasmos como arrepios de frio. o carlos estava morto e calmo, era o que mais parecia, eu encarei-o no seu silêncio, reduzido à carne, parecia ter recuperado o corpo se estava todo por igual. e juntei-me às saias da minha mãe. o seu menino valeu-lhe muito, tirou-lhe os medos e ele dormiu. mas não lhe deu a vida. é trabalho grande de mais para um menino, ainda que santo, comadre, não lhe peça o que não pode dar. comadre tina, muito me surpreende que fale assim se o buscou mais do que eu lho aconselharia. foi por desespero e sentimento no coração, como era o que se precisava, e foi preciso porque nos devolveu o sono. lamento muito, era um bom rapaz. ai, que pena tenho que não tivesse estado connosco. tentámos tanto, e a comadre era a madrinha, talvez tivesse sido possível, a mãe e a madrinha são quem mais o ligam à terra, se não tinha filhos. quis vir, bem sabe, mas as tristezas não me largam e o casamento da cândida é já amanhã, tenho tido um ror de afazeres. e não descansa a bordar o enxoval. ai, enxoval, uma velha daquelas ou já o tem ou vai sem ele. vai casar sem igreja, que pena. tudo passa, e o dia há-de passar, depois o que importa é a companhia. sinto-a mais apagada ainda, comadre, que lhe dá. a solidão, nada mais, estamos a ficar sós, as casas a esvaziarem-se e nós sem sabermos o que fazer. a quem o diz, em minha casa já não éramos muitos, e levarem-me assim uma criança, era já um homenzinho, comadre tina, robusto, conhecedor, há-de ter tarefas no céu, acredite. acha que sim. tenho muito medo que fique abandonado, tão novo, sozinho, sem ninguém que o guie. no céu tudo guia, comadre, no céu tudo guia.

as mulheres que rezavam não tiravam os olhos de mim. lembravam-se de como as flores se levantaram, de como os pássaros se reuniram, e sortiam num amarelado esperançoso. tinham os olhos líquidos a sofrer e ficavam tempo sem conta, sem precisar, para rezar por si e não pelo carlos. eram mulheres que acendiam velas à porta da nossa casa, estava certo, ainda de dia pareciam os vultos negros da noite que eu via à janela escondido. acudiam-se de pedidos, anseios, e houve uma que perdeu o tino e se ajoelhou aos meus pés. a minha mãe enxotou-a como se fazia a uma mosca. vi-lhe o desprezo no olhar, que não nos incomodasse, fazer isto a uma criança, busque dentro do coração, gritou. a mulher voltou a sentar-se, lenço a limpar a face molhada de lágrimas, suplicando baixinho algo, e que sofrimento haveria de ser o seu. e eu não podia dizer nada. seguro pela minha mãe senti a pressa, a aflição, que saíssemos dali antes que as outras tivessem o mesmo gesto, subitamente perdidas em esperanças no santo errado. mas a mulher abriu a boca e disse, é pela minha neta, está na dona hortênsia a curar-se da gripe, tem uma pneumonia, que é já o que é, e ela tão pequenina e frágil como está, tenho medo. emudecemos, o carlos, como um morto a pairar no ar impedindo que nos víssemos uns aos outros, turvando-nos o olhar, era o morto daquele velório, como se atrevia ela a vir por outra pessoa. a dona tina chorou. e eu disse, espero que ela fique boa, e desatei a correr dali para fora, tão desumanas me pareciam as comadres. tão desumanas umas e outras. e a mulher saiu abençoando aquela casa, pedindo perdão e felicidades, e correu lamaçal abaixo para o centro da vila com as mãos ao peito pela bênção das minhas palavras.

fiquei no meu quarto assustado. rezando e implorando para que a menina ficasse bem. que ficasse bem e se salvasse da energia negativa daquele pedido feito num velório, um pedido como à boca da morte, tão mórbido, tão triste, pelo desespero grande da avó. e que a avó não se sentisse nunca culpada de o ter feito, se lhe competia fazer tudo o que pudesse. abri a janela para rezar ao céu. lá estava aquele lamento do homem mais triste do mundo, aquele murmúrio lento, abafado, quase um escurecimento das cores, imperceptível num primeiro olhar, mas eu queria trazer felicidade dali, e a tarde toda a solicitei. rezando como quem luta contra algo ou alguém.

depois do funeral a dona tina regressou a casa acompanhada do senhor josé e do manuel. no galinheiro as galinhas encheram o chão de ovos. pareciam apoquentadas, que lhos tirassem dali porque todos os lugares estavam ocupados, já não tinham onde pôr as patas e alguns esborrachavam-se e elas histéricas.

e no dia seguinte a minha tia casou-se. não foi casamento de igreja, foi de vestido de domingo na casa da câmara municipal, com um homem a perguntar coisas como se fazia na igreja mas sem ser padre. foi um casamento de quem não podia ser muito feliz. como o de dois velhos, já em pecado, a cumprir uma ligação de sagração duvidosa. estávamos todos em silêncio e espera. assistíamos como se esperássemos pelo fim, não como quem quisesse ver. e foi muito rápido. as poucas pessoas amigas convidadas faziam roda em volta das paredes brancas da sala, os meus pais sentavam-se em duas cadeiras colocadas no ponto mais longínquo, eu quis aproximar-me, ansiava por ver ou ouvir algo que fizesse daquele um momento feliz. e pensei em como estaria a ser difícil para a minha tia cândida caber naquele vestido, se lá por casa andava com camisas largas a dar espaço à barriga que crescia. a minha mãe dizia que ela só tinha quarenta e três anos, ainda não era velha, só não era nova. a dona hortênsia tinha levado as mãos à cabeça, ter um filho naquela idade era um perigo. a minha tia perguntou se devia abortar, que era arrancar o bebé antes do tempo com agulhas de tricotar. a dona hortênsia achava que não, havia que enfrentar tudo e todos e uma criança é fruto doce, só traz amor, deixem-na vir, por favor, dizia em soluços de indignação, a cara encorrilhada como se comesse um fruto estragado.

na sala todo o silêncio, foi dito que estavam casados, e o silêncio continuou. a minha tia cândida olhou por sobre os ombros a minha mãe. foi em busca de algum apoio, como um abraço, um beijo, um carinho para que se fizesse uma venda menos definitiva ao senhor francisco. mas nada feito, era uma venda absoluta e sem retorno, não havia pena em deixá-la ir, que fosse e não voltasse. ele que a pusesse lá para casa como uma rainha ou um traste, mas que a levasse, era definitivamente dele, não importava. e eu esperava que servisse ao senhor francisco, como gado a quem se olhasse os dentes, como casaco usado que lhe ficasse muito bem, que lhe servisse e não tivesse de voltar. pensei como ficaria eu se a dona tina me detivesse para sempre quando a minha mãe lhe disse que poderia decidir assim se eu lhe tivesse valentia.

vi a minha tia cândida como alguém que me deixaria de pertencer. alguém que estávamos a ceder para sempre, obrigados a aprender o esquecimento a partir de então. como era fácil perder alguém, pensava eu. como era, afinal, tão fácil ficarmos sozinhos. a dobrar a tristeza, o senhor hegarty tinha ali ido para cantar uma coisa alegre. e nem rimos, nem chorámos, fechámo-nos para dentro como se por dentro é que nos destruíssemos. o senhor hegarty nem cantou até ao fim, interrompeu-se tão rápido todos se afastaram. saímos, a ver a minha tia cândida sumir com o senhor francisco para dentro de um automóvel e nós a subirmos o caminho, a chuva a começar uma vez mais, mas não a tempo de nos molharmos em demasia, e alguém a dizer isso mesmo, que sorte estarmos já metidos em casa. entrámos e comemos sozinhos, os meus pais, os meus irmãos e eu, absolutamente sozinhos, sem a tia cândida que eu, não sabendo porquê, não parava de adorar. fiquei com a certeza de que, como sempre, haveria de voltar a casa para nos lembrar de alguma coisa que lhe devíamos, um abraço, um beijo, um voto sincero de felicidades. fiquei à sua espera, e naquela primeira tarde só esperei, mas também era verdade que a paixão estaria a chamar por ela, começava a fase em que não faria mais nada senão sentir esse amor. compreendi que não viesse. as pessoas deixaram-nos também e, entre dentes, comentavam que o meu pai estava bêbado. e estava.

 retomámos o inverno. a solidão a crescer, que não parava. os dias passando lentos, as idas à escola, eu e o manuel em conversas desanimadas. que quanto maior era a santidade maior o sofrimento. eu não acreditava ter poder sobre as galinhas e, se alguma coisa tinha, que poder palerma seria o de multiplicar os ovos. sim, era alimento, como o pão, e tão bom ou importante, mas entre os doentes a morrerem, as ressurreições a adiarem-se aos montes, quem quereria ovos. o manuel estava menos entusiasmado com isso de ser santo. não voei como tu, nem sei as coisas que tu sabes, tu é que me dizes, e o meu irmão morreu. ainda que um bocado estúpido, eu gostava dele. e depois, o manuel tinha a mão do pai muito perto do rabo, sempre a cair-lhe em cima a cada deslize, a cada ideia menos atenta, e era tão difícil esquecer que afinal as coisas simples como elas são já lhe escapavam tanto às vontades. sem o irmão, muito do seu universo desmoronara, também porque não se esquecia de que a praga fora dele, desejara que tivesse morrido na guerra e foi como a guerra lhe entrou de novo na cabeça. agora também estavam sozinhos, eles, os da casa da mercearia, e não tinham esperança de que o carlos voltasse sequer para buscar algo que lhe devessem. eu insisti para que fosse comigo ver as bandas do mar, porque o temporal derrubara terra na encosta e havia ondas a entrarem por uma caverna adentro. os pescadores não saíam para a água havia quatro noites, o peixe escasseava e toda a vila se ia juntando na areia a ver a desgraça que não nos largava. ficámos ali, na areia, entre os homens e as mulheres que esfaimavam com a impossibilidade de pescar, os que comiam e vendiam peixe para viver. rezámos um terço e só voltámos quando a chuva abriu de novo, forte, a enxotar toda a gente para terra, que o céu preparava a noite e logo todo o espaço ficaria habitado pelos bichos selvagens e as almas penadas de sempre. a minha mãe, com a cozinha a trabalhar, esperava-me impaciente, galguei os degraus em pressas, bati as botas de lama na pedra antes de entrar, descalcei-as, abriu-se a porta e levei um puxão de orelhas.

 para dissipar o espanto, sobretudo para impedir que alguma coisa fizesse a situação agravar-se, falei, lavei as mãos perguntando se podia ajudar. e falei, na praia juntam-se os pescadores, pedem a deus que o mar acalme, estão com medo de passar fome. deitei-me às batatas, aprendera a descascá-las, fazia-o muito, e deixei-as cair de imediato, assim que o meu pai entrou e, para mim vindo do nada, espancou a minha mãe e saiu. sem palavras, como se fosse um ladrão desconhecido, ou um daqueles ursos de angola que não existiam, que num segundo arrancavam uma perna sem regresso. saiu para o quintal, afundou os pés, desapareceu pela berma do muro. a minha mãe a levantar-se e eu a calar-me. era notório que ela não sairia, não encontraria nada nem ninguém, não voaria. foi esconder-se no quarto sem milagre e não a vimos todo o resto da noite. no corredor, estatelado em cinco pedaços, estava um dos nossos cristos, estive cuidadosamente a colocá-lo dentro de uma caixa, poderia colá-lo talvez, ou dá-lo à terra, a ver se a porcelana se fazia pó para libertar aquelas formas mutiladas da obrigação de uma representação tão divina, tão exigente, ali tornada humilhante. pus a caixa no meu quarto, os meus irmãos na sala, e chorámos os três enquanto distribuí pães e leite frio na mesa.

assim que fiquei sozinho cheguei-me à janela protegido da chuva incessante. sentia vontade de ver o meu pai voltar, metido no seu sobretudo comprido, como se viesse do trabalho e estivesse feliz, e beijasse a minha mãe à entrada para nos pormos todos à mesa a jantar. mas nada, só aquelas velas que iam lutando com o vento, resguardadas pelos mais estranhos artefactos, ardendo como flores mal presas feitas de luz. vi as velas e a tristeza que elas produziam, a abrir a minha casa com esse silêncio, e esse mistério tão grande que era o de não sabermos o que estariam ali a pedir. eu, santo nenhum, sem sentir a mínima informação, nada, rigorosamente nada que me dissesse expressamente ao que ali estavam. mas naquela noite, por terror, havia no portão algo mais, entre as águas e as lamas levantadas, alguns troços de ramo, entulhos vários que tinham rodeado o nosso degrau, estava ao centro, posto na pedra, um galo preto, morto, laço vermelho ao pescoço, e eu ouvira já falar, uma maçã onde lhe espetaram o bico, a fruta do conhecimento e do pecado. acreditei que o meu pai não viesse naquela noite, deitei-me sem o ver chegar, e apercebi-me das saudades que tinha da avó e da dona ermelinda e da vida quando as coisas pareciam seguras e de confiança. pensei também que um homem bater numa mulher era algo porco, o mais porco dos actos, porque vinha da covardia e mostrava o espírito demente de quem achava na violência uma força aceitável. e pensei no meu pai a roncar pelos campos fora, mordido de estupidez, sem nunca mais perceber o caminho de volta, tornado bicho, odioso, nunca mais o meu pai, nunca mais um homem, apenas uma desgraça pelas opções erradas que tomara. faltou-me o meu pai. faltou-me muito o meu pai.

de manhã recolhi o galo, recolhi as velas, e levei tudo para o quintal onde estávamos a enterrar o que nos deixavam. saí sem mais, sem leite quente ou pão com manteiga, encontrei o manuel e seguimos desanimados para a escola. os dois, calados e tristes sem conversa nem luz.

a professora blandina recebeu-nos com brilho nos olhos, esperou que nos sentássemos e se fizesse silêncio, e explicou, ontem os senhores que dirigiam o país foram mandados embora, agora estão pessoas do povo a trabalhar para ver quem vai dirigi-lo, e o manuel disse, é verdade, o meu pai contou-me isso à noite. estávamos em abril. eu encolhi os ombros, a germana acreditou que era uma coisa muito importante porque a mãe dela também lho tinha dito. acenei com a cabeça que sim e tive a certeza de que em minha casa ninguém me explicaria o que era aquilo, não agora, se a tia cândida já não vivia connosco e era quem prestava mais atenção às coisas complicadas. e imaginei que o meu pai pertencesse aos maus, e o arrelio que lhe dera teria sido conhecimento de terem perdido as rédeas do país. ou então era só imaginação da minha cabeça. a professora blandina só conversou nessa manhã, não aprendemos nada de novo, nada dos livros, ficámos a falar sobre o que era o país e as pessoas mais importantes, e depois lamentámos os pescadores que não saíam da praia. na hora do lanche, com o pão na mão tremente de fome, agradeci à professora blandina a ração a que tínhamos direito e reparei que trazia no pulso uma mancha de sangue do galo preto. a germana brincou comigo, és desmazelado, tens tinta na mão, e a professora blandina agarrou-me e levou-me para a arrecadação aflita. mas não tinha sido nada, juro, e nas pernas são as cicatrizes e não me doem. se o meu pai anda na rua é outra coisa, é porque bebe muito e se esquece de nós. e expliquei-lhe que era verdade, que a minha tia cândida estava grávida e que eu queria muito que ela fosse feliz mesmo assim, mesmo a minha mãe reprovando tudo e afastando-se dela. mesmo que agora vivêssemos tão tristes, eu gostava dela. e não era assim como o povo dizia, que não havia milagres lá em casa, nem que para criar um santo deus tivesse a necessidade de fazer do meu pai um demónio. era mentira, eu não sou santo, senhora professora, quis muito ser e se deus quiser eu quero, mas não sou, porque não posso nada. fico com medo, as pessoas não param de se aproximar de mim, e agora deixando bichos mortos à nossa porta, e eu sei que há mão do diabo para pedir coisas de deus, que as pessoas desesperadas pedem tudo a todos, e confundem as divindades em favor de um objectivo. a germana corou quando saí e pediu-me desculpa, não era sua intenção acusar-me à professora. mas de nada, expliquei-lhe que era sangue de um galo, e ela afligiu-se e enojou-se e entristeceu porque, achava eu, por vezes em casa batiam--lhe e chegava a sangrar do nariz ou dos joelhos rasgados ao bater no chão. sorri para que fôssemos ao recreio e pensei, a minha tia cândida está grávida há muito tempo, quanto tempo demora para fazer um bebé. depois esqueci-me. a germana sonhava com o nosso casamento e eu comia o pão para sobreviver.

encontrámos o homem mais triste do mundo a caminho de casa. vi-o como menos misterioso do que antes, nos olhos uma qualquer presença, não fosse lembrar--me dele tão pormenorizadamente a recolher o corpo do carlos. e o manuel apressou o passo para lhe fugirmos, mas eu olhei para trás constantemente a vê-lo devorar à dentada um coelho selvagem. sujava-se de sangue, já eu limpo, as mãos lavadas como se longe do mal.

lamentei-me de tudo, porque haveria o povo de começar a falar da minha tia, de como lhe crescia a barriga ou porque se casaria tão velha. a essa não lhe quiseram nada os novos, devia ser boa em nova, era o que me contava a germana. sabia muita coisa sobre o assunto, e eu quase não percebera. mas gostava muito de mim e casar-nos-íamos de qualquer forma, porque tínhamos um amor, dizia a germana, um amor como nunca me fora assim proposto. fiquei a pensar, o amor não seria só coisa de gente grande, de pais e mães, que estaríamos nós a fazer, seria pecado. e quis convencer-me de que me falava do amor como o de cristo, que nos uniu, e fiquei unido a ela. à tarde foi o que expliquei ao manuel, não é nada disso, é só prometer que somos amigos e que seremos uma família quando formos grandes.

e a minha mãe é que ganhou a liberdade a partir daquele dia. vi-a a varrer o chão da cozinha, o avental inundado de manchas, os pés descalços no frio, no cabelo um laço vermelho a prendê-lo sem segurança. disse-me que as galinhas tinham posto ovos, as nossas galinhas, e eram os mais belos ovos que alguma vez vira. sentou-me num banco e olhou para mim como se tivesse chegado de longe e de há muito, e não disse nada, trocava a atenção entre mim e os ovos pousados na mesa. parecia que de um de nós haveria de surgir algo. acabei por me lembrar, nos seus cabelos muito pretos aquela fita vermelha ficava-lhe como a outra ao pescoço do galo na noite anterior.

seis

numa igreja tão grande e antiga, como a nossa, é impossível conhecermos todos quantos a habitam, lembro-me, foi assim que o padre filipe disse da ratazana que se estatelou no chão da sacristia. assim, não me espantou ver o senhor luís surgir da porta de serviço, a carregar os preparos da missa, acompanhando a homilia do princípio ao fim, austero, como cúmplice. muito me entristecia tal coisa. mais me espantava que o senhor hegarty tivesse tanta vocação para cumprir a missa com seus cantos. muito apertado havia de ser seu coração naquele lugar mal habitado. fiquei com os meus irmãos na fila de trás, a ver luzes em todos os presentes, importunado com aquelas mãos lentas e por vezes pesadas a escorrerem-me pela cabeça. eram sobretudo os velhos, aqueles que desconfiariam da morte, talvez, ou que já imaginassem a face demoníaca do cão do homem mais triste do mundo e como ele viria não tardava. o paulinho e o justino assustavam-se muito, vão bater-te, alguns vêm como para te bater, e eu acalmava-os, era só aquela bênção, e um burburinho nos lábios a pedir algo, a falar com deus. o senhor luís, caçador de ovelhas, mirava-nos de quando em quando, a medir a distância entre nós, vi o manuel a perceber tudo, a qualquer altura podia dar-lhe uma loucura e precipitar-se igreja abaixo a apanhar-me com as manápulas de monstro para me estrangular. estávamos aterrorizados com a hipótese. não ficámos até ao fim, passámos pelo muro do cemitério sem olhar para o homem mais triste do mundo, e fomos à mercearia comprar um bolo que dividimos pelos três.

 a tia cândida, como me diziam, não iria à missa pela barriga, ficava-lhe mal, já nem ia trabalhar naqueles modos. mas era porque lhe pesava e não estava muito forte para sair. eu não sabia de nada. continuava sem saber quanto tempo demorava um bebé a ser feito. apareceu nesse domingo lá em casa, pela primeira vez desde o casamento, para nos falar disso e de outras coisas, mas o meu pai não estava e a minha mãe ainda não saíra da cama. fomos ao quarto dizer-lhe, que viesse, visitava-nos a tia a saber de como estávamos, respondeu-nos, há uma aranha no tecto, se disserem mais uma palavra ela vai cair em cima das vossas bocas e fazer uma teia fechando-vos os lábios para sempre. vão morrer mudos e esfaimados sem poderem comer. deixou os braços no ar longamente como a desenhar a teia da aranha que não víamos, e sibilava algo até perder a respiração. eu disse à minha tia que a minha mãe estava a dormir, que não despertava porque na noite anterior se sentira maldisposta e penara acordada pela casa. ela cozinhou-nos ovos em silêncio. pô-los em cima da mesa e despediu-se com dois beijos a cada um, pedindo que nos portássemos bem. anuímos e devorámos os ovos. saiu pela porta da frente a tropeçar nas velas que eu ainda não havia recolhido. aos domingos de manhã eram sempre mais, muitas mais, e havia bonecos de cera, que eram pernas, mãos, cabeças de criança, havia roupas, brinquedos, frascos de remédio vazios, pedaços de cabelo, coisas escritas à mão, aparo de unhas, copos e pratos, chaves de armários ou cofres, manchas de sangue, e muitas coisas mais, a serem metidas em sacos de serapilheira que levava a custo para o cimo da ribanceira, já o nosso quintal cheio de remendos, como de estômago completamente cheio a tentar digerir tão grande e estranha refeição.

mas depois a minha mãe levantava-se e fazia tudo em atraso. por vezes cozinhava quando já havíamos comido, ficava a limpar e a lavar tudo, a espreitar pela janela a ver se o meu pai chegava, era preciso acender o fogão a lenha, que não se fazia isso porque era um homem que devia trazer os troncos do barraco no quintal. e chegava-se muito a mim a pôr-me a mão cabeça abaixo, e a dizer, não vais brincar hoje. onde está o teu amigo. e o manuel já não vinha lá a casa chamar-me porque tinha medo. achava que a minha mãe ficara zangada com a vida e o meu pai era bêbado, e achava que podiam ser perigosos, sabia existirem pessoas que matavam outras violentamente, e não me queria assustar, mas a minha mãe parecia pior do que a dele, muito pior, como se não fosse minha mãe. e eu não confirmava, mas zelava pelos meus irmãos e tentava pôr-me a salvo. era só o que fazia. e não imaginávamos como a ponte entre a minha e a mãe dele se fazia. longe de saber a condenação para que se preparavam, e como demoraria ainda a nascer o bebé da minha tia cândida.

a dona tina fazia o luto como um fantasma zanzando pelos cantos. chegou lá a casa tal uma aparição, apareceu. abancou-se na cozinha e não incomodou a minha mãe a fazer disparates. perguntou-lhe das coisas, vai cozer essas pedras, comadre. são pedras perigosas, comadre tina, vou pô-las ao lume para que se abram e me deixem ver o que têm dentro. e porque terão algo dentro. porque vi como se mexiam, estão de barriga cheia. quer ver. quero. esperemos, não tarda nada explodem. deve ser magnífico. sim, é magnífico. e o compadre, onde anda. anda aí a ver se encontra a casa, deve vir mais tarde. comadre, as pedras mexem porque o vapor as obriga. elas estão bem, e esta noite teremos uma visita, vão ficar contentes. quem vem cá. a minha irmã cândida, que bom vai ser, estou com muitas saudades dela. e as pedras, comadre, que lhes faz. estou a ajudá-las, estão grávidas mas precisam de ajuda para parir. que coisa será essa que sai de dentro de uma pedra. o silêncio, comadre tina, o silêncio está dentro delas como eterno e inalterado, como um segredo bem guardado. imagine o que será esse sossego para sempre, não ouvir nada, não ver nada, não saber de nada, como existir sem sequer precisar de deixar de existir, porque nada se manifesta, só esse silêncio absoluto e a falta de som. e a dona tina retirou a mão da pedra a deitar dentro da panela e estava condenada. depois calaram-se as duas, a dona tina por se perder em dor, a minha mãe por se atarefar na cozedura ou nos partos, ou a enfeitar-se com penas de galinha e a escovar os cabelos com patas de peru secas. deixavam-se em silêncio, as comadres, que era só uma forma de mais se entristecerem uma à outra.

desde a morte do carlos a dona tina trazia um amuleto ao peito, e eu secretamente vigiava-o. estava certo, seria aquele dedo, como repelente amuleto, sacado a tempo à terra. era um chumbo disforme que se via, mas o modo como mexia na bata preta da dona tina era igual, lembro-me, dizia, vês como mexo este dedo, é o único que consigo mexer, perfeitamente igual o movimento, jurei não dizer a ninguém.

nessa altura, depois do vinte e cinco de abril, muitas pessoas pensaram que as liberdades eram maiores, muito maiores, do que o esperado. por isso vi na ribanceira, não longe dos sacos de serapilheira que se empilhavam, o grupo de rapazes e raparigas a rirem-se muito e a tocarem-se. faziam-no constantemente e fugiam uns dos outros para escaparem a algo a que não queriam escapar. e tiveram-se no chão um tempo, as mãos a entrarem nas roupas e a sentirem coisas. havia um muito mais velho, não parava de perseguir a mesma rapariga, a mais gorda, e ela precisou de lhe dizer que não gostava dele, que preferia o outro, que o outro é que a podia tocar se quisesse. e o outro ouviu e tocou--a com os lábios e ficaram muito tempo assim, até me cair o saco de serapilheira das costas e se deitarem em fuga para dentro das árvores. riram e gritaram muito, não quiseram ser discretos, quiseram estar eufóricos e felizes. viram quem era eu e sabiam de mim, porque diziam, coitado é o puto santo, a este o caralho não pode levantar. regressei a casa e pus a mão entre as pernas, retirei-a húmida, a cheirar mal, fazendo o sinal da cruz com ela, ajoelhando-me, que o sinal da cruz feito com a mão suja pelo sexo seria pecado mortal. chorei, e a minha mãe a cantar como borboletas colorindo a casa.

a tia cândida voltou tempo depois, nunca naquela noite se na manhã viera e a minha mãe não a recebera. a barriga enorme, algum calor e o sol a aumentar de intensidade e, sobretudo, a ausência da chuva levaram--na à nossa casa cansada e suando. o senhor francisco a ampará-la com cuidados como eu via os maridos a sério fazerem. ela entrou para a sala e a minha mãe foi a vê-la como se à casa dela. entrou sala dentro pedindo licença e disse que não demoraria muito. não quero incomodar, e estou muito atarefada. sentou-se na beira de uma cadeira, as mãos no regaço e o olhar pacífico pousado sobre a irmã. a minha tia foi dizer-nos que os irmãos de frança chegariam pela herança, as partilhas precisavam de um acordo, e ainda havia algum dinheiro para se saber distribuir. a casa também entraria, se era a dos avós, mas estava a ficar gasta, e sem melhorias parecia envelhecer mais e mais. no meu quarto um buraco no soalho deixava-me ver a conduta que ia para a fossa. era um cano estreito e retorcido que parecia querer enferrujar muito para se romper não tardaria nada. a tia cândida estava apreensiva porque não sabíamos do meu pai e a minha mãe sorria como as crianças. na verdade, nós as crianças ficávamos caladas de medo e expectativa e já não sorríamos há muito.

era o pão e o leite frio que nos mantinha, posto por mim à boca dos meus irmãos como se banquete cozinhado. o pior vinha nos dias em que o pão não chegava e o leite acabava. se eram horas, ainda descia à mercearia, a dona tina anotava na conta. se era noite guardávamos o estômago nos braços e emagrecíamos.

na escola a professora blandina reforçava a minha ração, e eu pedia-lhe que o fizesse pelo paulinho a entrar para as classes pela primeira vez. sim, em setembro, com seis anos feitos, começaria a aprender. e eu pensava mais no lanche, que se ficássemos sozinhos era o único lugar onde haveríamos de comer. a minha tia cândida viu-me magro, gemeu de ares, era da gravidez, não se podia exaltar, o senhor francisco é que lhe pôs mão e a recostou para trás um bocado. é isso, em setembro também nascia o bebé, e se o jogo do azeite estivesse certo, era uma menina, seria sem dúvida, disse a minha mãe, se a barriga é redonda e achatada, é menina. lembro-me de olhar para aquela barriga exposta, agora que se recostara para os braços do senhor francisco, e sentir felicidade, era uma menina, como ter uma irmã, dizia eu ao manuel, como eu e tu nunca tivemos. eu queria muito que se chamasse filomena, era o nome mais bonito de todos, mas ninguém sabia ainda, a tia cândida queria que fosse clara e o senhor francisco queria que fosse judite. a minha mãe disse que todos os nomes são bons se a criança for saudável e sorriu, e depois guardou as pedras no armário e prometeu à irmã que haveria de nascer, que a menina haveria de nascer.

    os tios de frança eram dois, o tio joão e o tio saúl, mais velhos que a minha mãe e que a tia cândida. estavam em frança como se estivessem mortos, excepto quando foi da herança, era a opinião da minha tia. eu raramente me lembrava deles e era verdade que não vieram nem pelos funerais dos meus avós. mas tinha a ver com o vinte e cinco de abril, estavam proibidos de voltar e notava-se quando voltaram. olhavam para as ruas à procura daquilo que se mantinha do seu tempo, mas desviavam-se das coisas e das pessoas a desconfiarem até da sombra. quando voltaram a casa mudou, espalhados pelos quartos vazios com tralhas francesas, pareciam homens de outras bandas, estranhos, garridos, com camisolas amarelas, vermelhas, calças com riscas bizarras, sapatos brancos, meias com bonecos desenhados, óculos de sol, e outras coisas nunca vistas nos homens da nossa vila. a minha mãe fez de cuco na janela do sótão para os receber, e eles entraram com as malas pelas mãos a rirem sem saber de nada. depois silenciaram-se e esgueiravam-se amedrontados pelos caminhos como se pegassem doenças connosco. na primeira noite o meu tio saúl gritou de susto ao ver-me de pé, no corredor, vindo de deitar os meus irmãos. ficou petrificado no chão até que eu passasse rente ao seu pijama florido e encostasse a minha porta. de manhã aqueceram leite e viram as pedras guardadas em panelas pousadas no fogão. contaram nos azulejos as flores desenhadas e trouxeram do galinheiro duas dúzias de ovos. entreolharam-se como dois tontos e esperaram.

    falavam em francês um com o outro. eu não sabia, julgava que se entendiam por códigos secretos, e como isso seria pecado por ofuscar o entendimento de deus se fugiam à língua que nos era confiada, mas afinal era só um francês falado em surdina, em surdina como quem esconde as palavras. espantavam-se com tudo e apavoraram-se quando a dona tina veio. ela tinha de os ver, que a dor não lhe afastara a curiosidade. entrou pelas traseiras e deslizou pelo corredor até nós. veio pelas vozes, da porta até ali, e sorriu muito difícil, como anunciando desde logo a tragédia que lhe acontecera. que vissem, era o que queria dizer, que vissem a sua tragédia. e sempre no seu peito aquele amuleto a bater contra a roupa como a apontar ao coração a marcar o ritmo, como a ajudá-la a respirar. e disse-lhes, cuidado com esta casa, que os olhos de deus têm-na bem vista e sabem tudo dela. contou-lhes de tudo, acrescentando e inventando coisas outras. entusiasmada com a história, contou-a como algo antigo que soubéssemos de sempre, impressionante, único. e eles, tombados nos bancos, ainda não haviam falado de nada, a minha mãe lavando a casa para os receber. é assim, esta casa está assim, deus tocou-lhe, esteve nela, e ficou assim, foi bênção a mais. como job, para lhe dar a santidade tirou-lhe tudo, e a este está a fazer-lhe o mesmo, vai tirar-lhe tudo, coitado. os dois tontos pararam os olhos em mim à espera que eu voasse. arrastei os pés até ao quintal e suspirei de frustração. o paulinho perguntou-me, o que é que vais fazer. e eu disse, sei lá, o de sempre, vou ver a praia, queres vir.

    o de sempre também era a minha mãe zangar-se e fazer as pazes comigo, assim como não me ver ou não se lembrar de mim. pensava constantemente que estava de passagem pela casa de outras pessoas quando via alguém, entendi que se convencera de que vivia sozinha, o que era convencer-se de que ficara sozinha. abeirava-se e aconchegava-me brevemente, mas não era para se desculpar, era apenas para enlouquecer assim.

os meus tios tontos e ávidos pelo dinheiro não iam à missa. ficavam muito escondidos, porque as pessoas da vila se riam deles e de como se vestiam. a germana vinha à praia e conversávamos, éramos da opinião de que os meus tios estavam iguais àqueles franceses que vinham em família. na praia íamos vê-los, e eu reconhecia coisas idênticas e apontava num bloco, era como fazer um jogo de caçar semelhanças ao invés de diferenças. a germana perguntava pelo manuel mas preferia que ele não fosse. nunca lho disse porque sabia que ele ficaria zangado. e eu confessei, pus a mão entre as pernas, ficou muito húmida e a cheirar mal, não devia, e depois pensei em ti e em como as pessoas que se casam se tocam e pedi-te desculpa por telepatia. a germana era muito mais sabida do que eu, sorriu corando e não me levou a mal, disse que quando é por amor essas coisas fazem-se, e eu não tive coragem para perguntar que coisas seriam, já me bastava a confusão que se levantava em redor da palavra amor. no horizonte passava um daqueles navios enormes, mas assim de longe era uma minhoca muito esticada a andar como se não mexesse as pernas. e os meus tios, pensava eu, eram maricas, como aqueles de que falava o carlos, mas eu não sabia dessas coisas do cu. eram maricas de parecer, delicados como a germana achava que eram os maricas, lavam-se muito e têm perfume como as senhoras, e depois não falam alto nem são parecidos com homens, parecem mais crianças como se fossem grandes, abanam-se, não param quietos. e eu até via a luz acender-se no cu deles muito periclitante, como uma luzinha muito tímida e sensível. ficava perplexo com tal delicadeza e parecia-me algo tão errado.

a germana acolhia tudo o que eu dizia e sorria. eu achava que era porque queria que eu gostasse dela da maneira complexa como às vezes explicava. uma vez disse-me que se sentia orgulhosa de ser a minha melhor amiga, que era como ser maria para jesus, e eu achei que não. e ela ia para santa germana e achei um pecado dizer isso, que não se era santo assim, só se podia querer ser, nunca por se ser amigo de um, era preciso mudar coisas e sentir coisas. ela sabia da santidade e de como tinha ligação ao sofrimento, mas nunca mo disse abertamente, que lhe batiam em casa, quantas vezes mexia pouco os braços ou tinha cores na cara, e caminhava pior do que eu magoado pelo meu pai quando foi do milagre. ela tirou-me o bloco da mão e escreveu o seu nome ao pé do meu. arranquei a folha e dei-lha, não fossem os meus pais ver o que dizia. parecia que estávamos a casar-nos, e as crianças não se casam, és doida. depois fez um coração na areia e pôs-se dentro dele sentada, obrigou-me a ficar sentado também, ao seu lado, e disse, agora acho o mar ainda mais bonito. era tonta também, dizia coisas muito palermas quando queria. e ficarmos ali era como se dentro de um coração a sério repartido pelos dois e, por isso, tudo o que víssemos ou fizéssemos pertencia aos dois e era como pôr uma segurança no nosso amor, um cadeado a fechá-lo para que não se fosse embora.

    naquela primeira manhã taparam os olhos quando abriram a porta e descobriram as velas. algumas ainda acesas tive de as soprar, como fazia sempre, e depois levei-as nos braços a encher o saco que deixara no quintal. estava cheio, uma vez mais, e eu já não o abandonaria no cimo da ribanceira, começara a despejá-lo para o reutilizar, que me faltavam os sacos, havia meses em que já não comprávamos lenha nem se compravam batatas. gaguejaram algo, falaram em francês e desviaram-se para que eu passasse. deram um gritinho quando lhes toquei na roupa de raspão. foi sem querer. nessa tarde eu mostrei à minha mãe as semelhanças que tinha encontrado entre eles e os da praia. ela sorriu e ficou interessada, depois contou-me que eram os dois casados com senhoras de frança e que tinham filhos, meus primos como seria a menina da tia cândida. acho que foi para me dizer que não seriam maricas, mas eu já entendera sozinho que ser maricas não era ficar solteiro. depois foi recebê-los convenientemente, que na sua cabeça era visitá-los com atenção, preocupada com levar-lhes ovos de presente, uma galinha poedeira, a nossa melhor, e uma saudade enorme de os ter perto, eles tão longe e há tanto tempo ela impedida de ali estar. e assim foi, sei eu que nesses dias todos em que eles lá estiveram ela confusa entrava e saía de sua casa só por passar do quarto à sala, e até da cama ao chão, que a cada momento em que percebia aquela tão improvável companhia se sentia em casa alheia. por isso nessa primeira noite, escuro já quando eles chegaram, recebeu-os como um cuco à janela, louca de felicidade, mas aguardou como quem não quer esgotar um bolo. depois deitou-se repartida, sem decidir facilmente se os tinha em sua casa ou se aceitava a hospitalidade deles. senti como ficou nesse dilema, deitei os meus irmãos porque ela não o faria nessa noite, e ajoelhei-me ao meu cristo para que lhe desse descanso.

 eles sem jeito emudeceram e deixaram-na imaginar e ver tudo. ela, como sempre, a sentar-se na beira da cadeira a expor-se em mimos e simpatias, e estava feliz, razão pela qual agradeci a deus a vinda daqueles tios avaros e tontos. disse-lhes lúcida que temia pelo meu pai, bêbado e ausente sem cuidar dos filhos, disse-lhes louca que não nos largava por nada, desdobrando-se em mil para nos criar. disse-lhes lúcida que eu estava a ficar grande e com grandes necessidades, disse-lhes louca que iriam escutar muitas mentiras sobre mim, e que não fizessem caso, e contou-lhes de como as galinhas punham ovos naquela casa, e de como ascenderíamos todos ao céu por os comermos, que era comermos o alimento de deus, para fortalecermos corpo e alma e ficarmos dignos de entrar no paraíso. e depois ponderou, lúcida, quem sabia, que aqueles ovos poderiam ser obra do diabo, e que comê-los nos estaria a enlouquecer a todos. pôs a mão na boca e espantou-se de medo, não entrou em pânico, falava como se as coisas se passassem longe dali, contava-lhes de portugal e estava com eles em frança, por isso não podia correr ao galinheiro e inspeccionar. agoniou-se um pouco mas conteve-se como a amargurar ainda mais o coração. e disse, não posso ficar aqui muito tempo, não quero que os meus filhos se privem dos amigos e das suas coisas, ainda é verão e gostam de ir ver a praia, ficar na areia e molhar os pés com cuidado, quero muito passear com eles este verão, estou convencida de que é o último verão que existe. suspendi a respiração e entendi, e ela disse, para mim, digo para mim, embora seja verdade que parece chover mais e mais, já quase temos só inverno e a primavera na nossa vila não é diferente do outono que é igual ao inverno, e o pior é que a gente não se habitua, parece que temos o corpo feito para ter mais calor em volta, e está sempre tanto frio, não deixamos de ansiar, de querer, e procurar e lamentar para sofrermos muito, sempre mais, e não deixámos nada, parece que parámos num tempo e num lugar e não saímos dali agarrados a tudo sem largar, a ver as mesmas coisas e as mesmas pessoas e eu estou convencida de que não fico mais ali, vou-me embora, vocês não sabem como as coisas mudaram depois que os pais morreram, e eu a acreditar que iriam para o céu, mas deixaram a casa tão amaldiçoada, onde poderão eles estar.

    mais tarde, dias mais tarde, na minha rotina fui para a praia ver a germana, mas o manuel veio também. estava amuado por perceber que naquelas férias eu escapava para a praia sem ele, perguntou-me pela germana, era para saber ao certo, e eu confirmei. quis muito que ficássemos os três juntos, que o manuel ia ser santo como eu se deus permitisse, mas havia ciúmes e tinha de optar. vi a germana ao longe na areia a brincar com búzios ou pedras que apanhava, e escolhi o manuel, por aquela tarde, uma vez, se tinha estado com ela vários dias e ele ficara tão sozinho. fomos correr ao longo da costa e eu parei muito cedo, magro e esfaimado. ficámos sentados a pensar se passaria um navio naquela tarde e o manuel disse que as minhocas não tinham patas, expliquei-lhe que era uma ideia, era porque o navio andava mas não se mexia, seguia sempre esticado. e contei-lhe de como as coisas estavam, de como a minha mãe se calava e ficava ausente quando alguém dizia a palavra maçã, ou como daquela vez em que uma maçã caíra no lado de cá do muro da igreja e eu a levara para casa. a minha mãe ficara paralisada ao fundo do corredor, eu a entrar pelas traseiras e ela para espreitar à entrada se o meu pai vinha. ficou paralisada só de eu entrar, e passei com a maçã frente a ela, como se transportasse um botão de desligar, a desligá-la. abri a porta e atirei para longe o fruto, ela estremeceu muito leve e perguntou, o teu pai, vês o teu pai.

o meu pai chegou subitamente, e sabia dos tios e fez um esforço para parecer que ali estivera todos os dias, curando cada mal e obviando o futuro como devia de ser. a minha mãe não o reconheceu, perguntou se vendia coisas ou se vinha para desinfestar o sótão, temos ratos. ele deu os bons-dias aos tios tontos metidos num quarto, e ficou lá para dentro com eles. a minha mãe olhou para mim e baixou-se para me encarar, sabes, sinto-me tão sozinha que sempre que entra alguém nesta casa parece que estou na casa de outra pessoa. eu disse, eu sei, eu sei, mãe. e ela beijou-me a testa e disse, ajuda-me, estou no fundo de um poço e só muito de vez em quando posso vir cá acima. deixou a mão no meu peito e esfriou, como um pedaço de gelo que me marcou a pele, e num segundo os seus olhos recuaram de novo para um lugar desconhecido, levantou-se e ordenou, põe a mesa, vamos jantar, tenho os ovos prontos. esfreguei o peito e recomecei a respirar. o meu pai saiu do quarto dos tios e passou por mim para me ver, mas só pôs a mão no meu cabelo e seguiu. estava sóbrio, doía-lhe muito a cabeça. encostei-me à parede, sob o cristo que sobrara no corredor e entendi, a minha mãe estava presa no fundo de um poço e precisava de ajuda para sair. e percebi todo o tempo que passou, lembrei-me de como foi descendo até imergir e tudo se tornou tão óbvio. o meu pai era uma coisa quase tombando. seguro às paredes como quem está muito velho e tem falhas na força das pernas. o meu pai era uma saudade grande e eu sabia que o víamos de novo como para uma despedida. era já uma imagem vaga, uma projecção fictícia que havia de esfumar-se a qualquer momento para nos abandonar de vez. ao jantar o tio saúl ria a disfarçar o incómodo. o tio joão era menos capaz de se abstrair, empanturrava-se de ovos por uma fome voraz, mas hesitou de início sem saber se venderia a alma ao diabo pelo banquete. o tio saúl ria enquanto o meu pai se embebedava e ele também, e até o tio joão, mais comedor, bebia. fui deitar os meus irmãos muito cedo, que a noite estava longa e a minha mãe parara à mesa sem regressar. fiquei um pouco contando histórias e distribuindo os pijamas. o paulinho queria que eu fosse grande para os levar para uma casa com mais comida, e já não se lembrava bem de como eram as coisas no tempo da avó. deixei-os deitados a segredarem desejos um ao outro e pedi, não queiram nada que não mereçam porque o estariam a roubar a quem de direito. fechei a porta, dei dois passos até à sala e vi, a minha mãe encostara-se atrás de um armário em pânico, os tios e o meu pai a rir de nada, e no canto da sala era como se o carlos esperasse por mim. ouvi, disse-te que vinha ter contigo, só para que entendas que a morte não é simpática, foi a minha mãe quem o inventou. a morte, dizia, rasga a alma ao corpo, e deixa-a ficar muito tempo a penar, até que infinitamente o tempo passe e chegue a nossa hora. entretanto, ficamos a ver-vos errar todas as opções que tomam, todas, incapazes de desligarem o pecado do conhecimento. e eu perguntei, pecamos mas não conhecemos nada. e ele disse, nada. mas eu pensei que poderia conhecer alguma coisa. a tua mãe está condenada e condenou a minha, por isso a sua alma está em perigo, poderás saber de tudo antes que tudo aconteça mas não poderás preveni-lo. a minha mãe saiu do seu esconderijo e avançou sobre mim, o carlos não estava ali, era da nossa cabeça, e os tios convidaram-nos a sentar e a beber com eles, mas ela abraçou-me como água entornada em meu corpo, e eu senti o poço, ondulávamos por segundos, o meu pai em gritos impedindo que os meus irmãos dormissem. a minha mãe levou o dedo aos lábios e fez, chhhh, perguntou-me se eu vivia ali há muito tempo e como me chamava.

    e eu disse-lhe benjamim, sou o benjamim, mãe.

    meu nome caiu nos seus ouvidos como algo novo. um apelo sem conteúdo que ficou por ali tombado como em lugar vazio, sem ninguém.

    a dona darci acendeu uma vela no portão da nossa casa naquela noite. eu deixava-me muitas vezes ficar, luz apagada até tarde, a ver os vultos chegarem e partirem. vi que era a dona darci, escura como as vestes, e quase desci para lhe falar. mas seria tirar-lhe a esperança e como se assustaria vexada por aquele impulso de pedir por si. e porque pediria senão pelo marido que a abandonara. fiquei ajoelhado a rezar e supliquei a deus que se cumprisse o seu pedido fosse ele qual fosse. fiquei a rezar por ela e por todas as pessoas que ali assomavam em discrição, rezei por todas as velas e objectos como carregando um fardo ali deixado. rezei para o silêncio de sempre, para aquela escuridão do quarto onde tanto desejava ver deus surgir, para me encarar, para me explicar o que poderia ou não saber. e voltava aquele lamento do homem mais triste do mundo. vi o céu escuro, pouco estrelado, e senti que viria a tempestade para começarmos setembro a pensar no inverno e na danação de sempre. e a seguir soprou o vento e a seguir choveu e a seguir tudo desabava como se deus estivesse arreliado com o tanto que lhe exigia.

    frente à nossa casa, caminho abaixo, e frente à casa da mercearia e mesmo um pouco depois, a enxurrada espalhou as velas e os objectos depositados no cimo da ribanceira. que provação tão grande a de deus e como me magoava ou me tentava com tal desprezo. se eram objectos do culto de tantos sofredores que pecado tão triste o de os expor caminho fora, ridicularizados a enterrarem-se na lama em público. e como as pessoas vieram a ver a figura daquela passagem, indignadas com a obra da natureza. e eu expliquei, são equívocos, não é o que deus quer. queria dizer que não os deviam continuar a depositar à nossa porta, e que não era pedir nada pedir a mim, mas havia qualquer coisa a emudecer-me, e a aflição de não saber o que deus queria fazia-me hesitar. saí dia inteiro a apanhar uma a uma cada oferta, e estafei-me cima e baixo depois de escavar um grande buraco para onde atirava tudo. quem me ajudou foi a dona darci.

por ser tão escura não se viam as olheiras que tinha de pouco ter dormido, mas disse-mo, estava apoquentada, mas agora não importava nada, havia que levar tudo para ser enterrado, que na terra ficariam aquelas coisas como à espera de ser pó. ninguém mais se aproximou, porque se horrorizavam com os objectos e diziam que a dona darci era preta. muito tarde ficámos a conversar, e era o que andava a sofrer, que em moçambique descobriram o seu marido, estava numa gaveta de uma casa de mortos, já cadáver, e por se ter suicidado não era alma do céu, pensava ela. e tão sozinha estava ela ali e ele lá sozinho também. e ela nem sabia se a procurava ou se ao acaso foi para a morte e ela teve de o saber. mas não podia saber mais nada nem podia lá ir, queria apaziguar-se, jurava que a alma dele lhe turvava os olhos, e jurava que eu era santo e poderia dar-lhe a paz mostrando-lhe o segredo para as almas mortas em defeito. e eu preveni-a, as almas não morrem e os defeitos ficam na terra, mas podem ficar à espera, e nada saberia eu sobre isso. ela fechou os olhos, que era escurecer, e sentiu-me as mãos com as suas. ficávamos como café com leite sem molhar, e disse, se o sentires, se o escutares, diz-lhe que o amo, pergunta-lhe o que quer, promete-lhe que lho farei.

fiquei com a dona darci no coração e a dona tina levou-me à sua casa dias depois. a minha mãe assim me largara, leve-o comadre que chegou a hora, e a dona tina achava que o sabia. sonhara que se abrira um buraco na terra a vomitar velas e braços e pernas, e sonhara que o carlos lhe dissera que viera por mim, jorrado desse buraco como uma oferta à qual não prestei atenção. eu fui à casa da mercearia pela sua mão, relembrando a última vez que me buscara para lhe salvar o filho, e silenciava tudo o que acontecera na minha e na cabeça da minha mãe na noite em que o carlos nos dissera. e não disse nada até me levar ao seu quarto e colocar no meio das seis mulheres, as mesmas seis mulheres, sete com a dona tina, rodadas de saias pretas, compostas de amuletos e seguras em estacas com terços a penderem dos pescoços, duras, retesadas pelo tempo, convictas de que poderiam refazer algo, repor as energias e apagar tudo o que correra mal. respiravam no fumo intenso e eu sufocava. e eram sete mulheres de roda ao meu pequeno corpo, umas sorrindo outras grunhindo e uma gemendo dores e a dona tina preparada para ficar mais louca e as outras mais loucas à medida dela como seguindo a sua fé. ajoelhei-me no chão e convoquei deus, que não senti de tão assustado. a dona tina dizia o nome do carlos e tentava vestir-me uma das suas camisolas. no meio do tecto, por sobre as nossas cabeças, mexiam-se aranhas que subiam e desciam teias, quase atingindo os cabelos eriçando-se e soltando-se das velhas em euforia. e eu disse alto que não queria estar ali e que deus não me atendia. e foi de longe que alguém me falou. diz-lhe que morri por ela abandonado no medo. e não era mais nada, mais nenhuma voz, só aquela frase, e um silêncio sepulcral, absoluto, as sete mulheres à roda do meu corpo esbracejando e tombando no chão destruídas pelo silêncio em suas bocas. eram como animais furiosos de barriga para o ar, longínquos como num sonho, só imagem. um silêncio tão profundo que nem os seus corpos produziam som, nem quando embatiam na madeira de modo cruel, como parecia que os seus ossos rachavam joelhos batidos, e nada. nenhuma aranha no tecto, só os lábios fechados e elas rebolando repartindo-se pelo quarto a convergirem umas para as outras à vez, estupefactas e aflitas. e era para a dona darci, se era a dona darci que me estava no coração, e eu pensei, ouvi o que quis ouvir. ouvi a alma que procurava, talvez eu sem saber a convocasse, que poder seria esse. calei-me, seria penoso de mais para o coração partido da dona darci. sim, que frase aquela sem sabermos se ele abandonado por ela, ou por outra ou alguém, e o medo, tão triste forma de morrer. diz-lhe que morri por ela abandonado no medo. onde estaria a vírgula da frase. depois de morri ou depois de ela, tão importante saber. a dona tina ficou sentada na sua cozinha muda e sem comer, só aquele dedo no peito a bater, sem barulho. não era verdade que os lábios se cosiam sem abrir, era o apetite, como se o corpo já tivesse ido e nenhuma necessidade se mantivesse. era um processo lento, eu vi, começou nesse dia, eu a sair daquela casa duvidando de tudo, se seria enguiço rogado por minha mãe, e as mulheres correndo para a vila, passando pelas portas da igreja sem se benzerem, esvaziadas de alma como partiram. e a minha mãe chamou-me carlos, despi a camisola e esperei. vem à minha beira, vou pedir-te que não voltes à casa da mercearia, é que a comadre tina está doente, não fala, não come, vai morrer porque se escusou de deus. e o que sabe sobre isso, mãe. nada, só o que a tia cândida me veio contar, que à dona tina lhe caiu uma aranha na boca e lhe fechou os lábios. mas foi por pecado cometido, percebes, menino, e em casa suja a alma pode penar.

 acabara de chegar da casa da dona tina e tudo acontecera naquele momento. nem a minha tia cândida nem outra pessoa qualquer lho poderia ter contado. vi-a imiscuir-se na cozinha de novo e imaginei mil aranhas suspensas sobre si, à espera de cumprirem as suas mais estranhas ordens. começava a sentir-se o cheiro dos ovos fritos no ar. já não os comíamos, eu e os meus irmãos e o meu pai, só ela, incapaz de entender que era o de cada refeição, dia a dia, como se dependente. vinha a chuva com a noite, fiquei na cozinha a inventar algo para mim e para os meus irmãos e ergui os olhos para comentar, a menina da tia cândida deve estar a nascer. fiz de conta que éramos capazes de uma conversa de fim de dia, e não me calei, espero que seja filomena, vou pedir tanto à tia que ela vai ter de aceitar. e a minha mãe foi depositar as pedras no quintal como se tivessem nascido os silêncios de cada uma, sete pedras reparei então, atiradas para a terra para se sepultarem no mundo tão eternamente iguais, que o gasto de uma pedra tão robusta se faz quase imperceptível. como haveriam de durar quase eternamente parindo silêncio.

mas era um rapaz. como o azeite e as redondezas da sabedoria popular se enganaram. era um rapaz, primeiro sem nome, de surpresa, depois à pressa era o afonso, mas pensou o senhor francisco que não e mudou para josé, como o pai de cristo, era também o pai do manuel. tentei não tirar ilações da troca dos nomes, se seria perigoso baptizar uma alma e rebaptizá-la, como ficaria confusa como sem endereço, mas não havia de importar, nem mesmo aquele truque de prometer uma menina e mandar um menino, como eu dizia ao manuel, não tenho uma irmã, é mais um irmão, mas não faz mal, gosto muito dos meus irmãos. ele não respondeu para não ficarmos mais temerosos. o senhor francisco colocou o bebé ao nível dos nossos olhos e fez um gesto para que não nos debruçássemos mais. vi que éramos como bichos inclinados sobre o menino, como se saltassem de nós piolhos e percevejos, escorressem águas pretas ou terras fétidas, porque éramos diferentes e feios, malvistos, estranhos, cheios de problemas e tão sem futuro. a minha mãe pôs a mão no ventre e disse não ter sentido nada. pensou que era de noite e saiu ao sol tímido como na escuridão. não via nada, era tarde, estava atrasada para dormir. deve ter sonhado que estava exausta do parto e que o menino teria de mamar dentro de duas horas. a minha tia disse-nos adeus a correr, para que seguíssemos a minha mãe, não fosse adormecer no caminho. inventei um lanche, começou a chover.

sete

e assim foi, sentada na sua cadeira escura, debaixo do candeeiro de pendentes apagado da sala principal, que a dona tina começou o seu tempo de silêncio e fome. o corpo a mirrar e a encarquilhar à pressa, a cabeça absorta no vazio, e pior o inverno, trazia-lhe a chuva lágrimas constantes à janela. expliquei ao manuel que ela morreria se a boca se fechara de ruído e fome. estivemos longas horas a chorar ao abandono do temporal, e eu disse que nos fôssemos embora, que morriam pessoas a todo o momento de pneumonia naquela terra de água. chegámos à casa da mercearia e parei antes de entrar. talvez não devesse subir o degrau e passar a porta, lembrava-me do pedido da minha mãe e tentara entender em vão o que significaria. para lá da porta, ultrapassada, o silêncio e a escuridão obrigavam-nos a tactear para prosseguir. e lá estava ela, à espera, a dona tina sem som. pouco se mexia e a sua respiração era fraca e prometia parar a qualquer momento. o manuel voltava a arrepender-se, na sua cabeça tudo era culpa da vontade perigosa de ser santo. lembrávamos de como disséramos, quanto maior a santidade maior o sofrimento. a cada momento perdíamos tudo, pessoas e coisas desapareciam de nós, e agora aquele estranho silêncio no corpo de dona tina. o manuel contava-me que era assim, levantava-se da cama e punha-se na sala, e jurava, os seus pés não produziam ruído no chão, se batesse contra um móvel, não se ouviria nada, e se te aproximares bem, muito bem, perto como dentro, nem assim vais ouvir a sua respiração. nada, não produz som. como se estivesse isolada no vácuo. e comia cada vez menos, muito pouco o que o senhor josé lhe conseguia pôr à boca tão fechada. não era nada a mãe do manuel, era uma carcaça à espera. senti como viria tão depressa aquele cão buscá-la. o cão mais triste do mundo, que viria assustá-la de vez por todas, sem que ela pudesse desviar o olhar e deixar de o ver. o meu amigo ficara no quarto esperançado que eu lhe dissesse algo e lembrei-me, absorta como está e sem parecer ver, desolada e desimportada com as coisas boas como com as más, como reagirá à presença do cão se vier. que verá ou não nas ventas em lume, os olhos faiscando, aquela cara do inferno, o rosto do diabo, que verá e que lhe interessará isso. e pensei, talvez seja impossível assustar-se, temer, parar o coração num choque bom ou mau mesmo naquela fraqueza, se parece escondida para dentro de si. ficaria assim todo o tempo, esquecida de morrer diferentemente dos muito velhos e gastos. esperaria, mas não pela morte, que esperaria ela. e assim foi, mirrou até não poder mirrar mais e continuou ali. da cama à cadeira na sala, fitando a janela como uma abertura molhada, que eu vira como a garganta de um poço.

 a minha mãe ia sabendo da dona tina pelo que lhe vinha à cabeça. eram coisas mais do que se via. a dona tina estava imersa na água e por todos os lados a terra afastava-se. ou a dona tina ficava da finura de um lápis e partia-se num abraço de amor. vinham-lhe assim coisas à cabeça a matar a comadre do bem e do mal, qualquer coisa a mataria. continuávamos a ficar muito mais lentos, sumidos. e era na mesa que mais nos falava, era da dona tina e do menino da tia cândida, o josé, que seriam triste um e feliz o outro em compensação, que tudo no mundo se compensa, e deus não pode mais do que isto, confessava. procurei entender, a cada segundo, se estava lúcida ou louca na divagação que fazia, mas era impossível saber da realidade ou fantasia quando se falava de coisas de deus. e que dor, que dor tão grande a de permanecermos nesse desconhecimento e eu disse, há uma maçã no fundo do poço, perguntei, mãe, há uma maçã no fundo do poço. e ela desligou-se botão accionado. parecia que a tampa do poço fora colocada, o seu movimento ficou ainda mais lento e quase nulo. pedi perdão, fiz o sinal da cruz e roguei a deus que a activasse tão mal me faziam aquele medo e sofrimento. e ela estremeceu violentamente e gritou, a dona tina está a afogar-se, vai afogar-se, mas o menino está salvo, corram a ver o menino. a mesa da cozinha saiu-lhe das mãos atirada para a frente. o paulinho caiu por baixo, e ela teve frio e gemeu e ficou sem saber sentada na cadeira, exposta, a ver e a ouvir coisas que não eram. e a dona tina devia ter morrido como no fundo de um poço que a minha mãe conhecia, e o menino devia ter-se salvo, e eu vi os cabelos da minha mãe repuxarem-se para trás e ficarem de rabo de cavalo, e era uma fita vermelha que ali estava, invisível, a torcer-lhe a lucidez. entendi, era pelo menino que se dispensava a dona tina, entre a condenação de uma e a salvação do outro a promessa ou vontade na dor da minha mãe e perguntei, mãe, que fez para que a dona tina morresse, quem a obrigou a trocar a vida dela pela do menino. e magia negra seria, aquele galo preto e a fita vermelha, ou as velas ou outra coisa, tantas vezes a própria dona tina falava disso nas sessões espíritas que inventava. a minha mãe escondeu-se dia inteiro a fugir de todos os ruídos. partia-se-lhe o coração de oferecer a melhor amiga em troca da vida de um sobrinho. sofri por ela, e soube que entre tudo amava a dona tina para enlouquecer assim, como amava a criança e a tia cândida para lutar pela salvação daquela alma tão pequena. e disseram-me, foram doze meses, nenhuma criança demora dozes meses para nascer.

    e quem haveria de condenar a minha mãe senão a dona tina. como o sabia eu sem que ela o percebesse. quem haveria de querer vingar-se de nós que estávamos para ter um bebé se na casa da mercearia o carlos morrera. a minha mãe como uma parede de embate, peito aberto a enfrentar aquele galo enguiçado e a reverter tudo, que, entre a fita vermelha ou a maçã a fechar bocas e aquelas sete pedras a parir o silêncio, haveriam de se espelhar os intentos, e todas elas, as mulheres, sairiam perdedoras entre si, fracas entre os filhos, continuados na vida e na morte desapoiados por elas. mas à minha mãe o espelho dos feitiços não se clareava a partir daqueles momentos. a loucura, profundo esquecimento, dava-lhe um retrocesso em todas as sabedorias, fazendo-lhe a realidade de outra maneira, e o que sabia era do entristecimento. era o fim da companhia da dona tina, comadre de tantos anos, o que lhe doía tanto entre mil dores. a dona tina, má, que tentou matar o josé antes que nascesse, como um galo pequeno e curvado, atado de tudo para não vingar como quem nasce e tomba sem conhecimento nem pecado ao fundo de um poço.

    a dona hortênsia é que entrava e saía da casa da mercearia vezes sem conta. trazia medicamentos que o doutor brito mandava e fazia em vão massagens ao corpo. ficava abatida, quase não lhe podia tocar, ouvi-a a confessar, qualquer gesto pode fazê-la desmoronar como areia. o manuel afligiu-se e o pai segurou-o muito contra o peito e pediu-lhe que não o deixasse. eu pedi-

-lhe que não quisesse morrer, estavam todos a morrer, que não morresse ele e ficasse comigo, culpado até ao fim. e ficámos olhos esbugalhados a ver o senhor josé a deitar-se na cama em pleno dia a suplicar pelo manuel. calámo-nos culpados, a ira de deus estava sobre nós. a dona hortênsia é que falara ao senhor josé a obrigá--lo a reagir. e nós ouvimos, está morta, mas não de funeral, não lhe acontece nada, parece esperar por algo, e eu juro-lhe que acredito que nem precisa de comer, se o que come não alimentaria o mais pequeno dos animais. está a ver algo ou à espera de ver. eu sabia, era aquele dedo a bater no peito que lhe media a persistência, como o próprio coração a bater ou a obrigar que uma quantidade mínima de ar lhe entrasse nos pulmões. o senhor josé bradou aos céus e lamentou que fosse bruxa, era uma bruxa e deus dava-lhe o recado. haveria de apodrecer lentamente sem poder entregar-se à benesse da morte. e como estará por dentro a sentir-se, a sofrer, sem sequer lhe dar força para se manifestar. a dona hortênsia conhecia os sinais multiplicados por sete. corria as casas às tardes, sete mulheres escuras, saias rodadas pretas, frente às janelas a ver a chuva ou não, sem som.

só nos ocorreu voltar ao ponto de partida e tentar entender o que fizemos errado no desejo de santidade. descemos à chuva para o cemitério e aguardámos a hora da missa. esperámos pelo homem mais triste do mundo, que não apareceu. não apareceu, covarde, naquele dia em que lhe perguntaríamos tudo, chorando de medo, exasperados com tamanha provação. o senhor hegarty no seu lugar já posto. o senhor luís convocando todos para dentro da igreja, nós à chuva sem entrar, e ele dizendo, entrem, estarão melhor cá dentro, e eu julguei que dizia cá dentro como dentro da barriga, da sua barriga, como um monstro com fome de nos engolir. como nos engoliria e nos defecaria monstros para sermos predadores como ele, pelas suas ordens cumprindo tarefas de medo e terror, agoniando eternamente no mal. o padre filipe apareceu ao fundo, por detrás do altar, e crispou-se-lhe o sobrolho. havia meses que eu não punha ali os pés, e éramos agora uma família de pecadores, longe da igreja a enlouquecer. só podia ser a loucura dos possuídos pelo diabo. assim nos deixámos os dois à espera de nada que viesse, possuídos pelo diabo em estupefacção.

mas não era nada, escondemo-nos no quarto onde reuni todos os cristos da casa. coloquei-os em círculo pousado no chão e lembrei-me da germana. é como um coração, temos de estar dentro, como se dentro de uma coisa fechada. os dois, no interior do círculo que podia ser a garganta do poço para onde andavam as pessoas a cair ou a ser atiradas, mas podia ser uma caixa onde nos deixássemos como uma caixa que fosse a fé e de onde não saíssemos, que era como não ter dúvidas e estarmos certos de que todos os milagres eram possíveis. e tocámos os cristos e rezámos e tínhamos terços e imagens de papel, e nada no nosso corpo ou na nossa alma parecia sentir-se magoado com aquela entrega, nada queria fugir, nada doía que não a tristeza. não era coisa do diabo, em nós, não era coisa do diabo. fizemos com que a água fosse benta pedindo a deus e molhámos a cara e as mãos e até a levámos aos lábios, e algo na pele se mudava para melhor a prometer-nos a santidade ou apenas o perdão.

foi como sentir amor pelo manuel e de verdade estar com ele e não querer perdê-lo nunca e por isso soubemos, fomos escolhidos por deus. trouxemos as velas e os objectos que ainda estavam no saco guardado nas traseiras da casa e dispusemos tudo à nossa volta, começámos, para cada um haveríamos de pedir um milagre.

a cada pessoa concederíamos uma prece, e estaria nas mãos de deus cumprir o nosso anseio, como nas nossas mãos estava a responsabilidade de o fazer ver e sentir tanta dor, que tínhamos sido escolhidos para a sentir e a saber explicar a deus, para que interviesse. e era isso, seríamos como medidores do sofrimento para sermos capazes de o explicar a deus e o sensibilizar para as necessidades de cada pessoa aflita. fomos eufóricos dois santos culpados ou perdoados, tantas horas a tocar e a abençoar cada objecto. eufóricos sem tempo, como apressados a levantar o mal do mundo.

até que o manuel intuiu o que fazíamos e, acabados os objectos, pedimos por nossas mães e pais, e sentimos que éramos ouvidos e quanto mais acreditávamos no que dizíamos mais poderíamos pedir e já era exigir. ainda eufóricos, mais ainda, sentimos que estava feito e impregnámos a casa connosco em correria em busca de todos. como não vimos ninguém, saímos e enterrámos os pés na lama e descemos até à casa da mercearia e fomos a ver a dona tina. silenciosa, quieta, e o manuel gritou, agora já te podes mexer, mexe-te, sai daí, sai de onde estás. mas a dona tina não se mexeu nem fez nada, e se não veria o cão da morte não veria um anjo da vida. nada, como seria o seu fim. ali, eterna, a ver nada, sem som.

no dia seguinte a vila acordou cheia de milagres. as pessoas vieram às ruas, quem não andava corria, quem não via pintava de todas as cores, quem emudecera cantava como os pássaros e o sol abrira em pleno inverno e não havia chuva nem frio. e a loucura da alegria fez na vila um momento nunca visto, com a reunião de todos na praça a louvar e a agradecer ao senhor em filas constantes para a igreja, ajoelhando-se e benzendo-se e até quem não acreditava passou a acreditar. fomos levados em braços para diante de todos e urravam e riam, e éramos santos porque havíamos pedido por todos e todos juraram ter deixado velas à nossa porta, e as velas acenderam-se nos nossos corações, que aquecidos chegaram a deus com um fogo que não era do inferno e o fogo na terra também foi substituído. apagaram-se as fogueiras do mal, só o sol nos aquecia naquele dia e o amor, e o manuel disse, como juraste ontem, é o amor. e eu amei o manuel e a germana e todos sem medo como cristo nos amou e amava, como o amor de deus.

e a minha mãe e a mãe do manuel deixaram-se à mesma, loucas de cada maneira, sossegadas de nós, sem nós. apoquentadas com tudo o que não poderíamos nunca ver. e eu e o manuel aceitámos e pedimos perdão a deus. assim ficaríamos sozinhos, segundo a ordem divina recebida. seríamos súbditos resignados com o destino que nos quisesse dar e éramos felizes pelo bem que através de nós vinha ao mundo. aceitei tudo e fui-me embora para sorrir à minha mãe e lhe pedir que se sentisse à vontade, que fizesse de conta que estava na sua própria casa, que poderia ali ficar a viver se quisesse e ela resplandeceu e agradeceu. ajoelhou-se e confessou, é que não quero voltar para a minha casa, se me deixares ficar aqui vou sentir-me melhor porque vou ficar acompanhada, e eu acenei com a cabeça que sim, e ela levantou-se e beijou-me na testa chamando-me um santo menino, e que bom seria ali viver. mudou coisas de uns lados para os outros, trocou o seu quarto pelo dos avós, e até me mostrou as panelas vazias e lavadas penduradas no azulejo da cozinha e como as coisas mudaram tanto, depois disse, trouxe as minhas coisas, vou vender a minha casa e usaremos o dinheiro para comprar comida. em alguns segundos mergulhou a mão no avental, deixou-a ficar um pouco, sorriu, retirou-a de lá com muito dinheiro e começámos a comer outras coisas. e era o dinheiro da sua parte do que queriam os tios de frança, e por isso a casa estava para não ser nossa e em volta tudo envelhecia, que era apodrecer porque nunca se recuperaria e estava ali para ser acabada para sempre. guardei tudo no peito e comecei a conhecer.

mas não era cura nem era a morte. ainda não era nada, só uma mudança, como as velas à porta eram cada vez menos, salvos que estavam tantos, e a dona tina permanecia sentada como as outras seis à janela de nada. não era nada para nós e sabíamos disso, fora o que aceitáramos. por isso nos atarefávamos a cumprir as preces pelos pedidos que chegavam, e o meu quarto era um santuário e lá fora permanecia o lamento do homem mais triste do mundo, mas não era mais nada. os cristos em roda no chão, algumas velas eram deixadas para nos alumiar os gestos, e os milagres iam ter com as pessoas. endereçados certeiramente, como nos estouravam os corações de alegria.

os ovos pararam de descer das galinhas como desciam. vinham aos poucos, como alimento desejado e não em abundância. e até eram diferentes ao paladar. nesses tempos o menino da tia cândida cresceu pouquinho, mas vinha lá a casa ser-nos mostrado, e éramos menos aqueles piolhosos que o contaminariam de algo. a tia cândida mais feliz vinha mais vezes, e já andava pela missa e apelava ao nosso cuidado para que regressássemos também, acreditava que os doze meses do seu filho tinham sido coisa de deus e não sabia da disputa pelas almas feita entre deus e o diabo que a minha mãe tentou dominar. depois perguntava pela eternidade da dona tina e encolhíamos os ombros. ríamos por vezes e era como se fosse um mundo diferente na hora em que estava connosco. mas não era. já nesses momentos eu imaginava a morte de todos. bem como partia um queijo e o expunha à nossa fome, o senhor francisco abraçava a minha tia para ser dela e assistíamos a uma fome só deles. o paulinho contava de como era ir à escola e eu estava menos entusiasmado com aprender as coisas da matemática ou do português. preferia a entrega do coração, a abertura perante o desconhecido que é a vontade e foi aí que a minha tia abriu uma caixa que o senhor francisco pusera em cima da mesa. são frutas, laranjas e maçãs, bananas e umas pêras. e eu reparara, naquela tarde a minha mãe não viera receber a irmã, nem à sua, nem à minha, nem à casa de ninguém. estava à porta do barraco lá fora, como de pedra, desligada pela caixa que se havia aproximado. a tia cândida perguntou-me e eu só sabia dizer do galo preto e de como lhe emudeceram a boca de voz e comida espetando-lhe uma maçã. se era a fruta do pecado e do conhecimento, deixaria de conhecer e viveria sem pecado. acho que é assim, dizia eu, desconhece todas as coisas para se redimir do pecado, como se recuasse a tentação de eva e trouxesse a pureza aos seus dias, é pelo pecado original. terei sido eu ou algum dos meus irmãos a trazer-lhe tão pesado o pecado original. ficavam-me as dúvidas, da dona tina, da prece pelo menino, do fundo do poço. a minha tia amargurou muito no meio da sua alegria e não voltou mais. o senhor francisco levou-a encostada a si, porque já tinha mais de quarenta anos e ser mãe nessa idade era coisa de muito gasto. gasta e triste foi, as maçãs atiradas pela ribanceira abaixo com muita força, para apodrecerem no lamaçal em pouco tempo. a minha mãe retomada de movimento como um vento que a abanasse, voltando para dentro de casa para se lamentar do facto de a tia não nos visitar naquele dia. a mim parecia-me que vinha expulsa do paraíso. expulsa do paraíso para dentro do inferno que tentávamos enganar. não tentávamos sair, sabíamos da impossibilidade de o fazer, tentávamos contaminá-lo com o nome de deus. invadi-lo se o tínhamos de habitar. e invadíamos, mal, como podíamos.

mas tinha sido avisado, e sonhei tudo antes de imaginar a morte de todos. sonhei com a minha mãe no pecado do adultério e como não seria virgem antes do casamento, nada deixada em espera por esse homem trabalhador que mais tarde começou a beber. e eu estava manchado desse pecado, o pecado original especialmente grave a oferecer a minha alma à perdição. deus meu como afinal as coisas eram, a dona tina no parto ajudando a minha mãe e algum homem estaria ansiando com o meu nascimento, a ver o meu pretenso pai de roda da mulher que fecundara, casada tão a correr como já nem a tia cândida conseguira. e falei ao manuel. sou fruto do mal, para me salvar precisarei de uma vida inteira a redimir tão grande erro. e a morte começou assim, imaginei-a, conheci-a, o senhor josé em tristeza parou o coração. pôs os braços sobre o corpo deitado e ficou assim, no chão da sala, ao pé da dona tina indiferente e eterna. no último segundo lembrou-se do manuel e pensou que lhe fugia, acreditou que fugia do mal e entrou pelo caminho adentro, onde o homem mais triste do mundo o encontrou e levou a monte a esperar infinitamente pelo dia em que deus pudesse olhar por si. e depois a dona darci ouviu o que eu ouvi, tão forte a frase foi dita ecoou baixinho durante meses pelos cantos da casa da mercearia, saiu de lá e passou rasteira pelas ervas molhadas, quantas vezes terá rebatido entre o casario sem que a escutassem as gentes, até que soube descobrir o caminho da casa da mulher preta da vila. entrou-lhe numa noite muito silenciosa, parada a chuva de propósito, e ela fulminou de conhecimento. que o marido morrera abandonado, o que seria abandonado por ela, e teve medo e ela não estava ali porque fugira para a nossa vila, como a ignorar algo, como o que fizera tal deus, ela distraiu-se de áfrica, ficou deitada na cama como a dormir, os lençóis e os cobertores puxados para cima em sossego. foi de saudade que morreu, uma saudade aumentada como o volume de um som que lhe permitiu ainda ouvir a voz do marido amado. e depois a tia cândida chorou noite inteira de pânico, que o seu menino continuava a crescer pouco e era muito parir um filho aos doze meses de gestação. se as estações do ano esperavam nove, se nove era uma conta de deus, doze meses sem sair da barriga da mãe era condenação e nunca uma alegria. saberia eu quanto tempo era dado a uma mãe para fazer um filho, que para mim um ano estava bem. mas era mal. e não nascendo, a minha mãe ameaçada, louca de mim, enlouqueceu a dona tina para a trocar pelo menino. mas não foi trocar. a tia cândida a chorar noite inteira que o menino não crescia, e o senhor francisco a entrar e sair do quarto sem dormir. e quanto maior era o cansaço maior era o medo e o menino diminuía, ou era ilusão ou era o corpo que parecia fugir por dentro, ou era a dona tina que se ia recuperando daquela compensação e o que faltava ao bebé vinha-lhe a ela. e a dona tina parecia ver algo à janela finalmente, como se aquele dedo lhe batesse mais acelerado e por momentos interrompesse quase a sua imobilidade. mas nada que eu pudesse imaginar o que seria. e a minha tia cândida saiu à chuva com o josé morto nas mãos e o senhor francisco deitou-se ao fundo do muro, de cima para baixo, a abrir-se na cabeça para se expor de carnes e cheiros à morte que o viesse buscar feio. e o homem mais triste do mundo veio por ele de passagem pela casa da dona darci e pô-lo às costas. a minha tia cândida estava um pouco mais à frente ajoelhada de não conseguir andar e conheceu o cão que lhe veio dizer que estava para morrer, sem filho nem marido estava a morte dela tão preparada que um sopro bastaria para a levar dali e levou-a no susto. tombada para a frente esmagando o corpo do filho nos braços, que já não era nada. e o homem mais triste do mundo foi passando e vi como era, os corpos subindo para as suas costas, encavalitando-se uns nos outros, e ele a ser um monte de mortos a caminho, quase já sem se ver debaixo de tantos corpos, e lamuriando, gemendo como a carregar um fardo que lhe era pesado. mas ainda nada lhe era o fim no momento em que a morte veio por todos. assim carregado e a carregar cada vez mais homens e mulheres que eu desconhecia, carregou os meus irmãos mortos em surpresa pela casa caindo podre. e a casa apodrecia e caía e a minha mãe gritava e eu não entendia nada. e a chuva aumentou e a dona tina que parecia ver algo pusera-se de pé. não era o fundo de um poço, mãe, como estava enganada, era o afunilado do rio no pé do rochedo, o remoinho que se faz em redor do corpo quando atirado com convicção a partir do alto do rochedo da louca suicida, mãe. e eu chamei pelo manuel e gritei pelo manuel e ele estava na sala da sua casa a gritar e a chamar pela dona tina enquanto o seu pai já ali não estava, tão frio e rijo só terra já era. e eu tentei que me ouvisse, mas não era preciso, se morriam todos e os corpos de todos eram uma montanha movida pelos pés do homem mais triste do mundo, como tudo estava ali para acabar. e o manuel alou e alou num cavalo e seguiu o homem mais triste do mundo, jogando os corpos para o monte, vigiando como se juntariam e seguiriam o seu caminho. e o corpo do manuel era como pintava o senhor seixas, já mesclado com o cavalo como melhor preparado para a refeição divina. e morreu a dona hortênsia de quem o marido estava fora, e fora dela se deixou também, a ver o corpo que deixava para trás enquanto subia para o monte dos mortos, chamando o filho também, suplicando uma explicação que não vinha. e eu imaginava e conhecia a morte de todos, como a da minha mãe a sair do rio e a subir pelo rochedo cravando unhas como garras, furiosa por se ter prendido a alma dela ao pecado no momento em que concebeu. e como tudo estava bem até ao momento em que deus me salvou de morrer e exigiu mais e mais daquele segredo. caída em desgraça por parir de uma relação furtiva um filho que renegou as forças da morte e se entregou a deus. um filho santo. e por isso subiu rochedo acima como saindo do poço em que se sentia, e molhada ondulou ao cimo e deus abriu-a a meio pelas pernas e levou-a em metades para as costas do homem mais triste do mundo com um safanão de vento que a pôs a voar. e lá foi apagada pela maçã, fruto que veio para a perseguir quando estaria já esquecida e até perdoada. mas ninguém seria perdoado ali, a morte era para todos. ali, como repetia na minha cabeça, a imperfeição assistia-nos, se éramos experiências a acontecer e raramente colheita de conhecimento maduro. a morte chegava para que todos se pusessem a caminho do julgamento e ascendessem ou não. e por isso já não era pelo maior ou pelo menor pecado, era pela vida, quem estivesse vivo haveria de morrer, e eu fui imaginando e conhecendo tudo e sugerindo o que me pudesse parecer forma de apagar mais uma vela. e o mar quis juntar-se à terra e subiu para a vila e andou pelas casas e pelos caminhos vazando e roubando todas as coisas que se puseram a boiar e a perder rasto do paradeiro inicial, e o caos era tão grande que havia peixes confusos entre as casas, entrando por janelas e portas, e espantavam-se com as únicas personagens vivas, o homem mais triste do mundo caminhando com o monte de mortos às costas, caminho fora como se fora da água estivesse, o manuel cavalgando em fúria na recolha. e o padre filipe afogou e afogou o senhor luís e com eles vieram a flutuar para o telhado da igreja todos quantos habitavam aquela casa em mistério e eram bichos estranhos, uns de pernas outros de penas, bichos brancos e pretos e até transparentes, havia bichos com bico e dentes ao mesmo tempo, olhos nas costas das cabeças, patas de caminhar a sair de dentro das bocas, bichos maus, bichos aflitos, bichos belos e monstros horríveis, luziam e apagavam-se e morriam a estrebuchar muito, ou tinham carnes nojentas a sair-lhes pelos poros abertos e a largar cores negras e púrpuras nas águas como infecção ou malignas defesas, e todos ali ficaram pela passagem do homem mais triste do mundo, e como tudo estava tão normalmente ali morto para que ele levasse. o padre filipe, o senhor luís, as ratazanas, nenhum deles parecia especial para o dorso da morte, todos eles subidos para o monte em profunda convicção de deus. e foram. a igreja silenciosa e aquática, limpa enfim de todos os desconhecidos habitantes que gemiam e chiavam no seu interior escuro e bafiento. e o senhor hegarty levantou-se para a morte sem grande peso. branco como era, já anjo de meio ser, nenhum custo teve em ser alma livre sem corpo. e tão branco foi a elevar-se para o monte dos mortos, quanto mais se esbranquiçou e transpareceu. e eu entendia, quem tanto tinha de anjo nenhum trabalho daria. imediato correu para o lugar de deus e assistiu ao resto apenas como quem via, já não participava. foi tão claro que implodiu, luzinha até se apagar como doce forma de ascender entre tanta aflição que era a dos outros. e as águas moveram-se e removeram-se e tudo o que estava num lugar foi parar a outro e deixei de ver o manuel a meio do caminho e senti que era santo e haveria de estar bem, subido para deus sem morte como aos santos podia acontecer, e depois as águas moveram-se e removeram-se e tudo se escoou delas até que a terra emergiu novamente e as casas e as coisas pousaram em sítios e tudo parecia preparado para ser habitado enquanto a chuva parava longamente e o sol secava. e secavam-se assim e assim eu imaginava e conhecia os lugares e esperava ver quem surgisse salvo ou renascido. retomado pela vida que a vida ansiava por alguém e quem seria o escolhido. e eu imaginei tudo depois da morte. e soube da dona tina ali sozinha, como sozinhas as outras mulheres ficaram, inabaladas pelas águas, eternas, a fixarem a janela à espera de uma próxima vez, como uma próxima oportunidade de morrerem, e poderiam ser cem anos de espera, quem saberia quando deus quereria limpar novamente a nossa vila. e assim ficavam na vila sete mulheres de olhos postos à janela, sem comerem nem dizerem, a ver nos vidros uma abertura para o que as águas no fundo do rochedo abriram, a ira de deus e a necessidade de repor a ordem. e elas estavam ordenadas, eram como estar no princípio e no fim das coisas, não faziam nada. sete mulheres sem som, à espera. e depois pessoas brotavam da terra de novo, esquecidas desse milagre de nascer, e conviviam umas com as outras e amavam-se, e em algum tempo tínhamos a vila cheia como se nada tivesse acontecido e ninguém sabia do dia em que a morte viera substituir uns para pôr outros, falava-se apenas de quando o dia se fizera noite, tempo em que um rapazito tão pequeno voara entre flores e pássaros e toda a cultura e história da vila fora assim. imaginei e conheci eu a morte de todos, subidos para o caminho do homem mais triste do mundo e inventei o meu pai como de onde tinha nascido.

na manhã seguinte escusei-me à escola, ao chamado do manuel, ao sol trazendo luz por entre a chuva. saí da cama para pensar que imaginar e conhecer a morte de todos estava acima de qualquer outra aprendizagem. os meus irmãos dormindo, a minha mãe acordada com o coração nas mãos e dizia-me, esta noite sonhei com o futuro. e eu disse-lhe, um sonho é só um anseio ou um receio, não é a verdade. ela não sossegou nem inquiriu, ficou no centro da casa, eu a deixá-la ali como vazia, e saí para o pé do mar e fui acompanhado.

era um menino muito novo com tanto de familiar, era como se tivesse coisas das pessoas que eu conhecia, assim como ter os olhos da germana, o queixo da minha mãe, o nariz do manuel, mas também um braço enorme do senhor francisco e outro mais curto e preto da dona darci, e tinha uma perna maior do paulinho e outra menor do justino. e seguia-me divertido e simpático. estava a ser simpático comigo. ficámos longamente a ver como os pescadores arriscavam sair para alto mar por olharem para o céu, havia só aquela chuva constante sem vento. entre os barcos levantavam-se ondas que pareciam assustadoras e mesmo assim saíam, e eu sentia que era assim, que era sempre assim, com ou sem milagres. e o menino a falar de tanta coisa. e eu disse, eu sou o benjamim, e tu como te chamas.

oito

senhor hegarty era inglês, mas sonhara sair do seu país. não era pelo país, mas pela vontade de conhecer outros lugares, e muito incrível parecia que tivesse ido parar à nossa vila. tanto lhe valia. procurava pessoas. como se lhes fosse levar algo. braçadas de flores, dizia-me a tia cândida um dia, braçadas de flores, e eu pensava, ou fumo como nuvens desenhando flores em cores tão vivas à força de magia. a tia cândida foi quem disse primeiro, a sua voz aperta o céu contra a terra, como num abraço. traz para o nosso meio o que só existe para além da realidade. e eu achava o contrário, que era a realidade em si, e nós só ocupados com coisas falsas, por isso celebrava o senhor e provava a existência dele através do senhor hegarty, um homem como ninguém. eu achava que a sua mãe teria morrido também, tão grande a porta da boa morte se abriu sobre ela. uma mulher tão nova, amorosa de um rapaz morto, após parir um filho com parte de anjo nada lhe faltava fazer em vida. e eu imaginava isso assim, o senhor hegarty passando pelas terras como prova de algo maior. um descanso para os temerosos do fim da vida. uma esperança nas coisas do lado de lá. e só por isso poderia ser a nossa vila um caminho seu. a nossa vila a ser disposta para a morte. porta tão grande aberta sobre o mundo. uma boa morte, pedia eu.

já quase me esqueço da vida, tão forte é a minha ocupação com pedir uma boa morte para todos. ele sorria e dispersava o olhar, eu julgava que a afugentar-se de me sossegar, que papel de nenhum anjo seria o de me sossegar. eu dizia-lhe, já vi como vai acontecer, e nada se poupa ao que tem de vir, ceifa grande há-de ser, senhor hegarty, ceifa grande para todas as cabeças. perante o seu silêncio, eu abençoava-lhe a cor, a voz, o sorriso e o tamanho tão grande que o diferenciava dos homens. ele sobrava só corpo e luz. cantar na igreja não era tudo o que queria, dizia, e canto já sem pensar. lembrei-me da dona ermelinda e da forma como fazia o sinal da cruz em pressas à passagem pelos cristos lá de casa. aquele gesto por vício, sem atenção, seria já o mesmo que a distracção do senhor hegarty. e enquanto as pessoas lhe ouviam as palavras, e as intuíam para salvação das almas, ele julgava-se tão só pelo som, como necessidade absoluta de cantar, não importava o quê. motivo pelo qual acendera uma vela com um pedido. e eu sorri. uma vela que deixara à porta da nossa casa. e talvez assim lhe tenha chegado a resposta para a viagem que queria agora fazer, e tão contente ficara. em poucos dias estaria longe daquela vila, atravessado o mar todo para o outro lado, uma distância que nem parecia possível. levaria saudades de nós. e talvez lhe dissessem um dia que um lugar tão pequeno como o nosso se recordava ainda de um cantor que por ali estivera a levar às pessoas um sonho, o de ouvir os anjos. e eu disse-lhe, o povo falará de um anjo que veio como cantor por entre nós, e agora tanto vai mudar nesta vila, mas o tempo que eu tiver servirá também para que esse conhecimento se saiba. direi a quem queira, senhor hegarty, e terei saudades, assim como sei que a sua partida acentua os meus males. ficarei um pouco por aqui também. algo sempre fica, respondeu. quem tem coisa de morto, um qualquer fumo ou exalação de fantasma há-de poder dispensar. uma alma estende-se infinita, e eu já sabia que do senhor hegarty haveria sempre notícia, como sensação de presença do que já não está. por isso lhe vira e imaginara morte tão esbatida na noite anterior. ele levantou-se no cheiro das flores e deixou-me. e tudo mudou mais ainda, para sempre.

como saber-me bastardo, parido em casamento arranjado, me trouxe essa solidão, a de ficar mais isolado na minha crescente diferença, sabendo que tudo e todos haveriam de cair e eu autonomamente existindo, filho de um segredo maior, como a conhecer e a saber tudo de todos menos de mim. era porque tudo na minha cabeça havia sido um segredo, estar-me destinada a santidade e desconhecer os mistérios divinos, imaginar a morte de todos e desconhecer os tempos de deus. desconhecer que naquele dia, tão cedo ainda imaginara tudo, voltaria a casa desacompanhado dos amigos, daquele tão simpático, a quem pedira que me deixasse só, e desse senhor hegarty, esfumado de vez após um abraço, para encontrar os tios de frança de volta a receberem o dinheiro que lhes competia, tão súbito a casa a vir abaixo.

veio abaixo de cair de podre, os tectos e as paredes puderam apodrecer tanto nos últimos meses. seria das chuvas e das lamas, como tudo se revolvia por baixo das escoras e como se desalinhavam as traves e se desuniam as junções, para produzir fendas e veios de humidade entrando para comer as madeiras de água. e por isso os tectos se largaram do alto das paredes e as abalaram para fora e para dentro, a caírem num só fôlego, naquele dia, e eu já sabia, nem queria aproximar-me, tinha visto, fiquei na chuva caindo mais e mais, a chuva e eu. e o manuel tinha vindo pelo estrondo, e a minha mãe parara rodeada pelos que ouviram e a quem se gritou que acudissem, rodeada parada, sem nada. o manuel chorou comigo e rezámos para que deus estivesse ali, para que ele próprio estivesse ali, entre nós, por favor.

   e nada do ruído, carpindo a vila inteira a desgraça de uma família tão assinalada, produzia um regresso ao que era antes. os meus irmãos já estavam mortos e encontrá-los assim era o mais que se haveria de recuperar. eu e a minha mãe agarrados por todos, que entre males e medos a tragédia trazia mãos e braços em redor, que queriam segurar-nos como se nos puxassem do fundo de um poço para onde íamos caindo sem amparo.

   o meu pai não veio e assim ficou sem aparecer nunca mais. a minha tia cândida dizia que era porque não encontrava a casa, se não existia. mas eu acreditei que se tinha posto em fuga e senti que saiu da nossa vila, senti que alguma francesa o teria levado como ao marido da dona hortênsia, e ele fora. na verdade, não imaginara nem conhecera a sua morte na noite anterior, e já não me importava tanto por ele. haveria de sair da minha vida como se não tivesse sido certo que entrasse anos antes. era como deixar de ser pai de quem na verdade não fora. e nós, eu e a minha mãe reduzidos, metidos na casa do senhor francisco, éramos dois tristes em espaço mínimo, por nos encolhermos e cabermos em qualquer lugar, por ficarmos tolhidos pelo desalento, os braços pendidos e fome nenhuma como ausência de vontade de comer e para assim nos finarmos para sempre. mas nada, eram os tempos de deus, haviam começado, e eram assim entre os milagres e as mortes crescendo. e as pessoas deixando à porta do senhor francisco as velas e os objectos, já nós sem lugares nem sacos de serapilheira nem a roda dos cristos que ficara soterrada na casa grande. e os meus avós, pensava eu, como estariam mais esmagados pela terra se o espaço que habitaram fora ao pó como eles, e como se confundiriam e fundiriam. pesados e desfeitos pelo mundo fora. como me lembrava da minha avó que não suava e de como estaria tão desfeita em pó e molhada pela chuva entranhando-se na terra. tão infinita se dividia sem característica alguma que perdurasse. e nós éramos agora dois tristes como se dizia das pessoas abandonadas ou perdidas, mas exceptuavam-me, a mim coubera-me o conhecimento e a valentia, o que o fardo da santidade trazia enfim, diziam como se a tristeza me devesse ser menor. e era um fardo, como achava o manuel, porque não quero acreditar no que dizes e só desejo que seja loucura. não blasfemes, manuel, estás contra os teus votos, o teu coração. não quero chegar a casa e encontrar o meu pai morto, benjamim. não podemos fazer nada. sem a minha mãe, sem o meu pai, já não temos o carlos, vou ficar sozinho. não, manuel, já to disse, vais montar um cavalo alado e sumirás para o céu sem morte, porque és um santo. ficávamos nas escadas das traseiras do senhor francisco, ali era o centro da vila e tudo parecia convergir para cima de um ponto. as casas juntavam-se muito e não havia caminhos grandes de umas às outras, quintais espaçosos, lamas a escorrerem por todos os lados ou árvores frondosas a darem voz ao vento. tudo era mais distante da natureza, feito pelo homem ao pormenor, e os automóveis paravam nas bermas junto às soleiras e eram diferentes uns dos outros e às cores, ficavam ali, na rua, grandes de mais para entrarem em casa, como casas pequenas onde se podiam abrigar pessoas. e nós víamos esse mundo a partir dos três degraus de escada até que o silêncio nos separasse, após rezarmos e temermos juntos que tudo estivesse errado ou fosse mentira. até que nos separássemos e temêssemos, um para cada lado, até a santidade do outro.

era com buracos no peito que estávamos. o justino e o paulinho mortos na sua meninice, garantidos como anjos a subirem ao céu. sangrávamos dias inteiros de amor por saudade deles. éramos manchas no silêncio, um soluço que não se apagava. a minha mãe sem consciência definida chorava por intuição. eu via-a assim ainda ligada a nós, e tentava enchê-la de mim o mais que podia. o mais que podia como peixe nadando contra a corrente, se ela se tinha vazia sempre mais e parava nos cantos como saco posto em pé pela força de algum ar.

não sobraram fotografias do justino ou do paulinho, por isso escrevi os seus nomes num papel e pu-lo diante de mim como modo de chamar por eles. para que os lembrasse. e li aqueles nomes vezes sem conta à espera de que dentro de mim algo atendesse por eles. aterrorizava-me que se apagasse da minha memória o jeito de cada um, a expressão que tinham quando lhes falava, quando me perguntavam coisas difíceis. benjamim, que acontece se morrermos e não houver ninguém no céu que nos conheça.

para ali estávamos sem direito. a tia cândida a desviar o menino das nossas beiras, o senhor francisco sem nos encarar ao fim do trabalho, entrado em casa com um beijo e sabendo do nosso silêncio e pesar, desmotivados a sairmos do quarto. e a minha mãe muito lúcida no entristecimento, e todo o entristecimento era o princípio. eu retomava a escola e a difícil travessia entre as gentes. as mãos das pessoas estendidas para me tocarem, como diziam que me lamentavam e como julgavam que grande iria ser o meu reino no céu. e como se ajoelhavam à minha passagem, benzendo-se no sinal da cruz, e davam graças ao senhor. e eu via-os, um a um, montados no dorso do homem mais triste do mundo. decapitados, mutilados, amarelos, amarrados, afogados, mirrados, falecidos de todas as maneiras para darem o corpo à terra e devolverem a alma para a conferência do senhor.

conferíamos o dinheiro. durante horas ficávamos a contá-lo para sabermos da sua exactidão e de como teríamos de ficar ali quietos, a favor, para suportarmos a pobreza. e os tios de frança alojados na casa do café, onde as traseiras tinham quartos para gente de fora, e nós esperávamo-los à porta, eu e a minha tia cândida, e dizíamos, o banco ainda não nos entregou o dinheiro, e a casa já só se vendia pelo terreno. e muito do que ganháramos teve de ser devolvido. tirámo-lo do avental da minha mãe e assim foi, a valerem-nos as galinhas que se salvaram, paradas de pôr ovos em abundância mas pondo ovos. e ovos comemos. a minha tia ajudava-nos e nós agradecíamos noite e dia e queríamos que nos desse trabalho e tarefas para merecermos aquela generosidade. e eu sabia do que sempre me disseram, que só teria tarefas no céu quem as aceitou na terra, e por elas corríamos e ansiávamos para garantirmos o céu no fim de tudo.

a professora blandina era quem se ocupava de me motivar para a realidade. parecia querer dizer que na minha vida tudo era mentira, mas não era exactamente. levava-me a conversar para o telhado da escola, na hora do recreio, e eu adorava a vista mesmo que chuviscasse. a germana ficava lá em baixo, apartada cada vez mais por tanta diferença que nos definia. a professora blandina queria que eu sonhasse todavia com casar-me com ela. mas eu já lhe dizia que não. que ela iria ficar desenhando corações na praia. teria de lhes deixar uma ponta aberta para entrar um dia outro rapaz. só depois deveria fechá-la para que ficassem como dentro de uma caixa, protegidos, a viverem um amor eterno que lhes sustentasse a felicidade. a germana precisa de ter alguém que tome conta dela. se os pais lhe batem, tem de haver quem lhe cure a dor. o barulho das crianças chegava até nós como algo mais distante do que se via. parecia que estávamos a assistir a tudo sem fazermos parte. como dois espiões. e eu acreditei que era de um lugar assim que todas as regras naturais nos comandavam. a ver-nos de cima, ajustando os olhos aos nossos passos, calculando as nossas horas. como deus também deve ter assim uma varanda, enorme e a toda a volta, com vista para todas as terras que criou, e deve ficar ponderando que coisa optámos certa ou errada. talvez nos preste atenção agora, se estamos tão mais perto do céu no topo da escola. talvez nos ouça e nos perdoe de todo o mal que fizemos ou representámos. benjamim, deus são as coisas todas, e em todas elas nos escuta. deus és tu. não sou eu. se fosse, queria que todas as pessoas morressem de imediato com a garantia de entrarem no paraíso. porque esta vida é só pecado, espera e incerteza. se eu fosse deus, só haveria paraíso. sabe, professora blandina, daqui vê-se a casa da dona tina. mais acima estaria a nossa se não tivesse caído. a minha avó não pode estar feliz. não pode estar no paraíso. ela sorriu e pediu-me que descesse, logo a aula recomeçava, quando cheguei ao recreio já ela lá estava. a germana à minha passagem perguntando, foste tu. chorei, pernas para longe dali até à casa da dona darci.

porque trariam os tempos de deus a morte da professora blandina tão perto das minhas penas. e se fora um erro meu falar-lhe do paraíso e tanto quanto me parecia a vida uma dura passagem. a dona darci afagou-me a cabeça. não disse mais nada. até que veio alguém chamar. que fôssemos ver, em verdade acontecia o impossível. que nos frescos da igreja a imagem do diabo se pusera a chorar. nunca se ouvira milagre tão disparatado. que as virgens choravam em capelas e igrejas escolhidas já se sabia, mas chorar o diabo não era milagre de tradição. nem milagre seria, antes condenação. e eu entendi. a professora blandina estava salva. arriscada na aventura de morrer pela minha palavra e escapara às investidas do diabo. era como tinha de ser. a professora blandina abriu a fé sobre si e, magnificamente, sobre nós. a dona darci sentou-se nos bancos da igreja e chorou. se o diabo perdeu ou sofre, muita alegria nos deve dar. e, em todo o redor, quantas imagens dele houvesse mais imagens se molhavam nos olhos. o padre filipe corria atrás e adiante complicado de sentimentos, sem saber que significado poderia ter tal revelação. estaria aflito de seu dono estar aflito, ou estaria feliz de seu dono se manifestar. o senhor luís amparava-o amiúde. parecia tombar-se em fanicos ridículos de menina. um cantor novo apressava-se entre os dois mas não lhe davam mão. ficava tonto sem pertencer ainda à confiança deles. a dona darci e eu ficámos longo tempo entre tanta gente que ali entrava. rezei por ela e por todos e era palavra comum que o diabo tinha perecido na nossa vila de deus, mas era só uma dor, nada que o abatesse, sabia eu.

e sem conhecer os tempos de deus como tudo se deixava ao acaso da minha imaginação e conhecimento. como se tornavam aleatórias as ocorrências e me parecia a caminhada para a ascensão tão aterradora. quanto mais me convencia da providência divina, como me convencia de que a morte nos levaria à salvação, mais sofria pela forma cruel como nos era dado acabar, e acabavam-se as pessoas pelos cantos. entre as chuvas escorrendo, os corpos, como elas, desapareciam, que eram pessoas de quem nunca mais sabíamos. eu e o manuel silenciávamos o futuro. era o futuro da nossa vila, preparada para a boca do senhor, a nossa vila a regozijar de milagres para verter a alma em luz, apanhada de surpresa no meio da felicidade. e eu, que sabia sobre isso, sabia que os meus irmãos tinham ficado esmagados na casa grande e nem me pudera convencer de que estariam distraídos. teriam sido apanhados de surpresa numa morte que os tivesse em um segundo, mais simpática, ou lentamente se apresentaram ao domínio divino, como entrando e saindo de um mundo para o outro, ali impedidos de passar, como entalados durante um tempo numa porta que não abrisse nem fechasse. a crueldade divina, disso se queria livrar a dona tina quando inventara a morte simpática. e que simpática havia sido abdicando dela, deixando-a ali eterna, dedo vivo ao peito a mantê-la acordada a contragosto.

a partir de todo o entristecimento acelerou-se o processo de redução dos nossos corpos, mais faltados à comida, mais quietos nos músculos, menor o fluxo sanguíneo, estarrecido de lentidão e compaixão. mirrámos também. eu e a minha mãe, e o josé, que o tempo dele era aos poucos. e a tia cândida fugia pelas portas e pelas janelas a gritar noite e dia de desespero sem saber o que fazer. nós ficávamos escondidos de tudo para não atrapalharmos, que era não azararmos o menino com as nossas penas. tão penosos éramos que brotávamos coisas feias à imaginação das pessoas. progressivamente éramos como virulentos mais e mais e ninguém triste ou apavorado tinha coragem para nos encarar e enxotavam-nos já sem saberem se fazíamos bem ou mal. assim ficávamos fora de todos. a tia cândida a tremer de incapacidade, até nos rebentar a porta com uma palmada nervosa e suplicar que nos anulássemos daquele lugar, que o limpássemos de nossas maleitas e o deixássemos aberto à felicidade outra vez. mas nada do que pudéssemos rezar inventava tamanho ou carne para o menino que diminuía, e como nós diminuíamos também.

e era o manuel que sussurrava na nossa janela por vezes, e nos dizia como andavam as coisas tão estranhas em sua casa, como se levantava a dona tina a dormir viva pela sala e como rosavam as suas faces mais cheias e saudáveis. claro que não se enganavam, era a morta de sempre a pulsar dedo contínuo pelo tempo todo, mas que algo a alimentava agora não havia dúvida, como se fortalecesse o seu domínio. e eu dizia à minha mãe que estava louca, que perderia tudo, ela e a outra, comadres de tanto tempo, a perderem tudo num enguiço em espelho para onde se condenaram, e assim era. o menino a respirar menos e a desaparecer nas palmas das mãos da tia cândida, a desaparecer mais e mais como se desnascesse, voltando da vida para antes, devolvido a deus se não poderia ter nascido. a minha mãe louca abraçava-me e assim se culpava comigo, tão tocados por deus como pelo diabo, infinitamente necessitados de perdão. e a minha tia cândida bramiu aos céus na rua, o dia a acabar e a chuva forte e fria a molhar-lhe as lágrimas e assim estava o josé morto, nada pai de cristo, de regresso ao que era, sem ter conhecido. e a tia cândida explodiu por dentro, tudo paredes do corpo espalmado e revolvido, como se o coração se desfizesse em disforme carne lânguida deslizada para o fundo dos pés, e nada se deixasse, senão pelo exterior aquela face reconhecível cheia de terror e infelicidade, a cobrar ao mundo uma explicação impossível. e nós nada a fazer, expostos ao medo e ao entristecimento maior e maior e maior.

o senhor francisco precisou de ver antes de tudo. na sua cabeça já votado para desistir e partir para a morte como atrás deles em corrida. não lhe adiantaria esperar para ver, mas era como saber o ponto por onde saíram do mundo, para se matar a pensar em passar por ali e encontrá-los, haveria de encontrá-los do lado de lá da vida, postos em calma e só preparados para o acalmarem também. e nada mais foi feito por si, que nos deixou em silêncio sem mais e se deitou do muro como algo que se entorna de cheio. morreu ali tão aberto se teve, toda a noite as pessoas se juntavam em redor e nada lhe mexiam. à minha tia levaram-na para a capela, ao senhor francisco não havia meio, disperso como estava deixavam-se a olhar e não dormiam. foi noite toda aquilo, como eu e a minha mãe chorávamos à chuva e o cheiro era intenso e horrível.

era verdade que à minha tia se via uma deformação grande no corpo por baixo das roupas. se lhe levantássemos o vestido era o que saberíamos, mas não era coisa de se fazer. estava como alterada em tudo, o corpo desmanchado para parecer outro corpo, como se algo tivesse entrado dentro dela para se misturar com ela. foi quando conheci o senhor seixas, ele era quem sabia das coisas, e eu acreditava que as aprendera em áfrica. não sabia porquê, talvez em áfrica, tantas coisas livres do domínio de deus, algum conhecimento se deixasse à mostra, como se um livro da biblioteca divina lá se perdesse sem mais. era lê-lo e as coisas que se poderiam aumentariam incomensuravelmente. assim me parecia o senhor seixas, calmo e resignado, a entrar na igreja pela primeira vez. não era que lhe faltasse a fé, dizia-me a dona darci, era uma fé diferente, como eu, confessava. em áfrica acredita-se em forças secretas para nós aqui, dizia. são como deuses diferentes que de tão próprios nem precisam de ser deuses, são mesmo forças da natureza como se a natureza toda imperasse sobre tudo e todos. e quem sabe a natureza toda junta seja deus, disse-lhe eu, e ela esfregou-me a cabeça e sorriu. o senhor seixas não disse nada ao princípio, só fechara os olhos e pensava para dentro. não sabia se seria rezar, pensava, isso sim. e lá estava a tia cândida e o senhor francisco recolhido e trancado num caixão fechado. e, com as horas, a mim pareciam-me mexer-se as carnes dela, ainda mudando para qualquer coisa não acabada. e era o que sabia, que o josé não estava morto em parte alguma. também era verdade que desnascer era diferente de morrer. voltar para trás roubava o corpo, era sem corpo que se concebera. mas a verdade era que a alma fora criada e já nem deus a poderia anular, como seria cruel se o fizesse. e à alma o que lhe fez. o senhor seixas despediu-se de mim prometendo que me desenharia a alma, um dia. um desenho especial para ti, benjamim.

era a minha tia cândida num fundo negro muito negro, e o seu corpo rodava em torno de si mesmo e tinha altos e baixos irreais como se fosse um saco de pano com alguém dentro. era o josé, a alma do josé adulterando a alma da minha tia para se fundir com ela, que em deus todas as almas estavam como tal, postas umas nas outras a confundirem-se e a participarem em tudo o que traziam. o senhor seixas era o homem mais talentoso da nossa vila, lembrava-me e concordava, via coisas da santidade sem pensar nela. eu tinha a certeza de que conhecera em áfrica algo que por lá se soube em distracção, algo que deus não percebeu ter lá deixado. por isso o senhor seixas tinha os cabelos brancos mais claros do mundo, e inclinava-se sobre mim como um candeeiro aceso incidindo com certa felicidade sobre o meu triste encanto. sim, o senhor seixas era um candeeiro que se inclinava sobre a minha pequena pessoa, iluminando-me benignamente como ninguém mais o faria a partir de então. tanto acalmei que enfrentei os funerais mais corajoso e esperançado de que, ainda que não conhecendo os tempos de deus, subitamente chegados para durarem um dia ou cem anos a levarem todas as almas da nossa vila, eles eram de deus, o que nos garantiria o paraíso e o reencontro no fim da aflição.

a minha mãe foi deitar-se do rochedo da louca suicida. deitada dali a morrer de cansaço, vazia dentro da cabeça. não fui ver. ficou na vila uma lenda, assim que o corpo desceu foi visto a subir pelo ar acima, despojado de roupa e violentamente manobrado para se abrir em dois e voar velozmente, metade para o céu, metade para o inferno. e assim se fez a alma da minha mãe em partes, aceite por deus a santidade de que fora capaz, condenada ao diabo pelos pecados tremendos. eu podia acreditar nisso, na sua divisão e na crueldade que seria esperar eternamente por se reunir, como seria também gratificante que, ao menos metade, tivesse lugar perto de deus. já estávamos um ano depois de tudo, tanto tempo para nós vivendo na casa esquecida do senhor francisco. e assim fiquei mais esquecido ainda. não houve funeral. uns acreditaram na lenda, outros procuraram incansáveis pelo rio abaixo um corpo que por ali flutuasse. mas ninguém haveria de ter a certeza, que fora um milagre ou que não fora, nem deus explicava nem a natureza nos fazia ver. nada. a minha mãe havia desaparecido para além das angústias, para longe do conhecimento de todo e qualquer mistério, o que era em si o mistério pleno. haveria de ser impossível não a imaginar metade nas nuvens do paraíso, bela e calma, e metade no fogo intenso do inferno, escurecendo mais e mais como uma pedra que carboniza. fiquei de longe, na missa vazia dela, quase desligado do seu significado, com os habitantes da vila a descarnarem-me naquele pedido de bênção tão repetido e pesado e já misturado com o desprezo de outros que pareciam querer bater-me, marcar-me propositadamente o corpo, como a punir-me pela representação tão viva da desgraça. era tudo como mil gotas de água incidindo minuto a minuto na mesma pedra dura, eram mil mãos constantemente a verterem, sobre a minha cabeça menos macia, uma carícia mais e mais insuportável que me desbastava o cabelo, a pele, a carne. feito ferida em cicatrização lenta e doída, custava-me tudo. sozinho como job, garantira a dona tina. e todos sabiam de tudo como se a lenda fosse real e entre as provações divinas eu emergisse para a loucura. sem regresso, ao contrário de job, sem regresso. um santo a esgotar-se, como energia que se esvai ou luz que se apaga lentamente, descarnado como a perder a santidade.

recordei a minha mãe com algum sossego. pensei no que lhe dissera na noite anterior. que se deixasse levar. no fundo do poço há uma passagem. porque toda a matéria se abre à força da alma. e se o corpo se abrir é ela quem surge e se liberta. em toda a loucura se ficciona a libertação da alma, mas só a renúncia à matéria a produz verdadeiramente. por isso deixemos esta casa e partamos. outros lugares serão tão bons como este. qualquer caminho, como num qualquer caminho encontraremos a mais divina presença, porque ela está dentro de nós. e em qualquer caminho encontraremos a morte. não faz falta que a esperemos aqui. a minha mãe calou-me mãos postas sobre a boca e esgravatou qualquer coisa na terra. marcou o chão com dureza e sentiu-se não pertencer ali. em silêncio, a sua morte não era de terra. por isso me deixou de água e alma evaporada, como a chuva ao contrário de áfrica, e se dividiu em bem e mal como fizera da vida toda.

o manuel ficava a ver-me passar ao longe sem se aproximar. tanto nos separava de medo. eu sem ir à escola e a dizer-lhe, foge de mim, manuel. seguirei todos os caminhos agora que estou sozinho. e não penses no meu sofrimento ou na minha morte. já nada ocorre senão a vontade de deus. nada me pertence. a morte, manuel, é só a junção das memórias, como se se arrumasse tudo numa caixa que se fecha. como essa ilusão que tive de ver alguém composto de partes de todos os meus amigos, e fazer daquele cão tão severo um mensageiro simpático. farei tudo o que souber, e sei que tudo o que souber me será dito. e só morrerei na hora certa. como tu. como todos. o cão mais triste do mundo saberá a minha hora, e não importa que sofra antecipadamente por uma coisa que não pode acontecer senão quando deus quer. como dizem as pessoas, ninguém morre de véspera. hei-de morrer certo. no momento certo. é uma certeza que temos todos.

 e era verdade que os bichos, a passarem incautos pelo quintal da casa esquecida do senhor francisco, eram um alimento nosso, meu e da minha mãe quando ainda viva, se por sorte, emagrecidos e frágeis, os conseguíamos apanhar. já afiávamos os dentes de modo bestial, desincomodados com as maneiras. o manuel, apertado de mim por uma vez que o chamei, contou-me tudo o que julgava saber. que o homem mais triste do mundo estava desaparecido dali. não se via tinha semanas. e que eu e a minha mãe vivíamos os dois em esconderijo secreto, e capazes de coisas estranhas éramos como o homem mais triste do mundo, como a sua família finalmente. o manuel, arrepiado de medo, acendeu por fim uma luz no cu, tão longe de mim como todos os outros. e eu garanti-lhe, ainda que assim seja, serás santo, manuel, alarás num cavalo e não terás morte. deus espera de ti coisas importantes sem que tenhas de fazer mais nada. a mim o que me dá já não é nada. longe de qualquer anjo, só deus me faz. serei como quiser. e ele explicou a nossa semelhança com o homem mais triste do mundo. quem sabe vivíamos com ele e trepávamos às árvores na época de caça para afugentarmos as presas. quem sabe recolhíamos os mortos e voávamos em lamúrias pelos céus da tempestade. abri a porta do quintal e a terra estava revolvida e fresca das chuvas. alguns buracos pareciam fundos, como se procurasse mais longe bichos subterrâneos e menos normais. o manuel mantinha um passo atrás de mim e via tudo como se de longe. sem participar ou, exactamente, sem pertencer. talvez saísse dali sem santidade para crescer indiferenciado como os outros. talvez estivesse ao ombro de uma varanda que eu não conhecia, a ver e entender coisas de que eu não suspeitasse. e dizia-me por despedida, não sei, benjamim, não sei entender nada, sei que dizem que és o rapaz mais triste do mundo. e era verdade que a fome tão grande me trazia coelhos selvagens à mesa, dentes caninos, e a destreza das mãos aumentava para tarefas tão duras, calos espessos e a pele secando de fealdade e terra. do que a morte come, terra e o silêncio intenso sobre toda a verdade.

VALTER HUGO MÃE é um dos mais destacados autores portugueses da atualidade. Sua obra está traduzida em muitas línguas, tendo um prestigiado acolhimento em países como Alemanha, Espanha, França e Croácia. Pela Biblioteca Azul, publicou os romances *o nosso reino*, *o apocalipse dos trabalhadores*, *a máquina de fazer espanhóis* (Grande Prêmio Portugal Telecom de Melhor Livro do Ano e Prêmio Portugal Telecom de Melhor Romance do Ano), *o remorso de baltazar serapião* (Prêmio Literário José Saramago), *O filho de mil homens*, *A desumanização* e *Homens imprudentemente poéticos*. Escreveu livros para todas as idades, entre os quais: *O paraíso são outros*, *As mais belas coisas do mundo* e *Contos de cães e maus lobos*, também publicados pela Biblioteca Azul. Sua poesia foi reunida no volume *Publicação da mortalidade*. Outras informações sobre o autor podem ser encontradas em sua página oficial no Facebook.

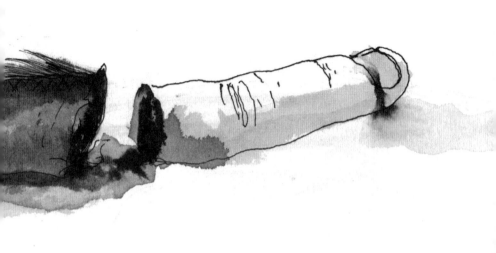

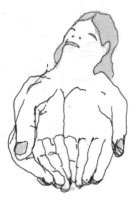

Este livro, composto na fonte Silva,
foi impresso em papel Pólen Soft 80 g/m², na Geográfica,
Santo André, Brasil, julho de 2019.